黄土地

刘传芹 著

远方出版社

图书在版编目（CIP）数据

黄土地 ／ 刘传芹著. -- 呼和浩特 ：远方出版社，2024. 8. -- ISBN 978-7-5555-1988-1

Ⅰ．I247.5

中国国家版本馆 CIP 数据核字第 2024791UP8 号

黄土地
HUANG TUDI

著　　者	刘传芹	
封面题字	黄山汪远	
封面绘画	刘俊宇	
责任编辑	蔺　洁	
出版发行	远方出版社	
社　　址	呼和浩特市乌兰察布东路 666 号　邮编 010010	
电　　话	（0471）2236473 总编室　2236460 发行部	
经　　销	新华书店	
印　　刷	三河市双升印务有限公司	
开　　本	850 毫米×1168 毫米　1/32	
字　　数	125 千	
印　　张	5.875	
版　　次	2024 年 8 月第 1 版	
印　　次	2024 年 8 月第 1 次印刷	
标准书号	ISBN 978-7-5555-1988-1	
定　　价	58.00 元	

如发现印装质量问题，请与出版社联系调换

目　录

第一辑　四季耕种……………………………1

第二辑　乡土人情 ……………………………61

第三辑　我为农民唱首歌………………………141

第一辑　　四季耕种

一

我深深地爱着你，脚下这片黄土地。

20世纪70年代的第一个春天来得有点晚，倒春寒迟迟不肯退去。暴风怒吼着，漫天的雪花夹在暴风中，向在黄土地上耕作的农民扑来。大树的残枝败叶，被暴风雪扫的遍地都是，剩下的树枝以顽强的生命力在寒风中迎风摇摆。

每年二月二的暴风，就好像是给大地的洗礼。大风扫走残枝败叶，卷走野草杂物，整理出一个清静漂亮的世界，迎接春天的到来。

暴风夹着雪花，毫不留情地打着转地围攻在山上劳动的社员。寒冷和饥饿同时伴随着人们。妇女用围巾包着脸，男人却直面风雪，脸就像被小刀割得一样痛。

建设新中国，需要全中国人民的努力。

生产队社员在队长的带领下，有战天斗地的英雄气概，建设社会主义新农村，他们心中有一团火；男女老少都干劲儿十足地在整春地，为春种做准备。他们把地边的草根刨出来，防止杂草与庄稼争肥料。他们把土地整平，把地边的水沟也挖好了，准备夏季排水。

"花篮的花儿香，听我来唱一唱，唱呀一唱。来到了南泥湾，南泥湾好地方，好地呀方。好地方来好风光，好地方来好风光，到处是庄稼呀遍地是牛羊……"

随着悠扬的歌声飘荡,西边的太阳已悄然落下,一天的劳作在寒风中落下帷幕。劳累一天的人们,怀揣着对家的渴望,匆匆踏上归途。温暖的家中,老婆孩子正等待着他们的归来,那是他们心灵的港湾,也是他们身心的归宿。当工作结束时,队长嘱咐大家:"晚餐过后,记得去生产队记录工分。每周一、周三、周五是我们的学习时间,今天是周一,大家别忘了参加学习。"

生产队的社员忙碌着收拾工具准备放工回家。队长把两头大黄牛从耕犁上卸下来,用牛缰绳把两头牛连在一起,用左手牵着绳子,右手赶紧把牛套围在耕犁上。社员帮忙把耕犁抬到队长的肩上,两头牲畜迫不及待地拉着绳子往家赶。队长被牛拖得一路小跑。

牛往山上走时,总是慢慢悠悠的,放工回家时好像着了魔一样,屁颠屁颠地往家钻。每次放工回家,牛总是穿梭在人群中走在最前头。社员们收拾好工具,迈着轻快的脚步走在回家的路上。队长跟着牛一路小跑,逍遥自在地唱起了歌儿。

"社会主义好,社会主义好!社会主义国家人民地位高,反动派,被打倒,帝国主义夹着尾巴逃跑了。全国人民大团结,掀起了社会主义建设新高潮,建设新高潮……"队长的歌声虽粗声跑调,但给在寒风中衣衫单薄、冻得发抖、辛苦一天的农民心里画上了一个美滋滋的句号。

农民的幸福生活:三十亩地一头牛,老婆孩子热炕头。如今牛从山上下来直接送到生产队饲养室那里,有专业饲养员喂养管理,生产队的大牲畜可金贵了。它们常年为生产队运输货物和耕种田地,是生产队的资产,是全生产队社员的宝贝。

队长把老黄牛交到饲养员手里时,饲养员抱着牛脖子,两手抚摸着牛的脸,好似久违了的老伙计重逢。老牛享受着饲养员爱的抚摸。老牛"哞"了一声,这时,饲养员才想起忘了正事儿。他赶紧拿来准备好的草,放在牛槽里,然后拌上炒得香喷喷的黄豆。人都不舍得吃,也要给牲口吃。看着牛吃得津津有味,饲养员满脸笑容地从锅里提来温开水。牛吃饱了草料,喝了一桶温水。把牛伺候得舒舒服服地休息下来,饲养员才放心地锁上门回家吃饭。

队长回到家里,爱人端来一盆温水,给回家的男人洗脸。毛巾挂在墙上,队长用力擦洗满脸的灰尘,然后用毛巾擦干脸上的水珠。他坐在炕沿上,两脚对着搓一搓脚上的尘土,上炕坐在热炕头上,一股暖流涌向心头,感到全身舒服。虽然没有什么好饭好菜,但热汤、地瓜干和地瓜蔓做成的菜丸子,几根刚从自家菜园子拔回来的小葱,一碗自家做的面酱,队长狼吞虎咽,吃得可香了,能吃饱就是好饭。

突然,外面哨子响了,队长自言自语地说了一声:"今天晚上民兵要开会了。"

吃完晚饭,队长坐在炕头上抽起了长烟袋,稍作休息才起身下炕,走向生产队计工室。

农村的夜晚天是蓝色的,农村的夜晚静悄悄,吸一口山沟里的空气,都是甜滋滋的味道。

民兵连连长以最快的速度将全村民兵集合在大队会计室。民兵连连长对大家说:"我们青年民兵是建设社会主义国家的主力军,一定要发挥骨干作用,把我们脚下的每一寸土地都种好,支援工农商学兵。搞社会主义建设,交足交好公粮,向上级领导交一份满意的答卷。

"大伙都知道我们住在这个穷山沟儿里,搞生产是十分艰难的。崎岖的山路十八弯,交通工具只有小推车,推到山顶实在是困难。我们要发扬一不怕苦、二不怕死的革命精神,小车儿不倒只管推。

"我们一定要发扬红军二万五千里长征精神,用两条腿和小推车子把土粪推到山顶上。我们的口号是下定决心去推土粪,不怕牺牲装满筐,排除万难推到山顶上。争取种好每一寸土地,把黄土地种出金豆子来。

"今天晚上我要说的第二件事是,我们要响应上级党委的号召搞大型文艺汇演。全体青年民兵都要参加。为活跃社会主义新农村的气氛,有时搞军民联欢,有时搞拥军爱民活动。广大青年民兵选择文艺节目时,一定要有爱国精神,唱出新时代社会主义新农民的风采。爱唱京剧的就选择唱京剧,爱说快板的就说快板,有想独唱的也行。自己挑选节目,由民兵连部选择一个大型合唱节目。等下一次开会都要把自己选择好的节目报上来，再强调一遍，人人都要参加文艺演出。大家共同商量一下再做最后的决定。

"第三件事就是春季入团。团员是党的后备军。希望广大青年踊跃参加社会主义建设，为建设社会主义新农村做出重要贡献。只要有积极向上的心态，都可以申请加入共青团，做建设社会主义的先锋，做党的后备军。

"今晚生产队学习，我们开完会，回生产队参加学习。我们生产队青年民兵一定要起先锋带头作用，协助生产队队长搞好春耕工作。我就说这些，散会。"

青年民兵会议开完后回到生产队，工分已经记完。

生产队队长做春季生产的计划解说："庄稼人都知道，春争日，夏争时，一年之计在于春，一日之计在于晨。要想咱庄稼人日子过得好，就必须得有个好打算。咱们生产队总共有一百多亩土地。百分之三十的土地种小麦，百分之二十的土地种花生，剩下的土地种玉米和地瓜。小麦产量低，种小麦是为了交公粮。种花生也是为了交公粮。花生能出口为国家换外汇。我们只有种好地，交最好的公粮，才能支援社会主义建设，这是我们农民应该做的。

"刚才说到剩下的土地种玉米和地瓜，因为玉米和地瓜产量高。只有多种产量高的农作物，才能保证我们自己不饿肚子。大家说我这个打算好不好？

"大家都认可我当队长，我就要带领大伙儿过上好日子。

从明天开始,青年民兵都用小推车往山顶上送土粪,现在农活儿不太忙,一个推粪的男青年配一个姑娘给拉绳儿。青年都瞪起眼珠子,选择自己最如意的姑娘结伴推粪。说实话,我们住在穷山沟里,外村的姑娘都不愿意嫁进我们穷山沟。所以青年都要多长几个心眼儿,守住我们村儿的姑娘,肥水不流外人田。"

队长说得年轻人心花怒放。

有一位老者哈哈大笑着说:"队长,你什么事儿都管,都做起红娘了。"

队长说:"这叫老的不撒疾,小的不得知。你们认我这个队长,我就要保证你们不饿肚子能吃饱饭,年轻人都能娶到媳妇儿。"

年轻人被队长的一番话说得干劲十足。岁数大的社员个个摩拳擦掌,准备为建设我们的社会主义国家大干一场。"加油,我们的新中国!"

在20世纪70年代的农村,矮小的茅草屋内,一盏煤油灯发出微弱的光芒。尽管屋内昏暗,但这一群农民向宇宙大地散发着正能量、大能量。

二

三月,春回大地,万物复苏,也是春耕春种的开端。在这个时节,农村的大妈们忙碌于菜园之中,翻土整地,播种栽苗,她们辛勤耕耘，种下瓜果豆类，期待着丰收时节的到来。这些大妈中，有的甚至是历经了清朝末年的沧桑岁月，她们曾迈着三寸金莲，在历史的长河中艰难跋涉。她们的一生，经历了无数的坎坷与挫折，经历了战争的洗礼，忍受了生活的艰辛与贫困，甚至曾面临饥饿的威胁。然而，正是这些大妈们，坚韧地走过了那段艰难岁月，迎来了新中国，见证了祖国的繁荣昌盛。

如今她们迈着三寸金莲，前走走，后退退，左摇摇，右晃晃，为了春天的到来。从东家讨来黄瓜苗，送给西家茄子苗和辣椒苗。出门带上真善美，讨回来的是满园春色，百花齐放。有土豆花、茄子花、辣椒花、四季豆花、黄瓜花、丝瓜花、冬瓜花……花开的时候香飘满园。蜜蜂在花上忙着采蜜，蝴蝶为花的美丽翩翩起舞。

文登人，纯朴善良。勤劳的农民永远记得祖先传下来的一句话："黄土地里春天捅一棍，秋天吃一顿。"

随着天气变暖，地温提升，大片土地开始了播种。在山上，男人在前面开荒破土，女人手握五谷杂粮的种子，好像天女散花，把希望洒向人间，洒向黄土地。

"春雨贵如油，连下三场天不收。"好雨知时节，雨过天晴，温暖的阳光照着大地。农民为了给小麦保养、追肥、锄草、赶季节，用毛驴拉着石墩在麦田里来回奔走，可压平被冻干裂开的麦田，起到保水保肥、深度保养麦根的作用。

漫山遍野绿油油的麦苗儿迎着春风，迎着阳光，拔着节地生长。布谷鸟在麦田里布谷布谷地叫个不停,在寻找自己的伴侣,寻求爱情,繁衍后代。

随着天气变暖,地温提升,大片土地开始了播种,春天山上大片土地的第一粒种子是春玉米。男人用两头牛拉着耕犁在前面开沟破土,女人在后面捻种施肥。从此玉米生根发芽。玉米一行一行相隔一尺二的垄,每隔八寸一棵,这是定数。男女搭配,干活儿不累。在生产队大家庭中,他们像一群蝴蝶在黄土地上翩翩起舞,舞动春天,舞动幸福。他们在绘制人间最美的山水风景图。

一粒玉米种子落地,生根发芽,有七至十天便可破土而出。玉米的生长周期在一百天左右。农民把破土而出的玉米苗儿当成自己的孩子一样呵护,给玉米定苗、除草、打药。这一百天的生长周期里,需要锄地四遍,打药两遍,施肥两次,尽管农民汗水流尽,但仍然坚持不懈。

在山上劳作的农民,面朝黄土背朝天。他们拖着疲惫的身体,于日落西山时回到家里。每年春季缺吃少粮,青黄不接,最难熬。山上的野菜、树叶子、树皮,都挖回家,用菜刀剁细放上地瓜面做成菜团子充饥。男人回到家里坐在炕头上,女人忙前忙后地服侍着男人。男人辛苦的劳动换来家里人的尊重。

街上响起了吹哨的声音,队长和家里的女人说:"今晚民兵要开会,生产队也要学习。"

民兵排着整齐的队伍,快速集合在大队会计室。民兵连连长王国庆开始讲话:"为了活跃农村青年民兵业余生活,要求各大队团支部和民兵连联合搞文艺汇演。上次开会我给大家布置了任务。大家自愿选择合作伙伴,自愿选择节目,也可自编自演,之所以给大伙这么长时间,是因为要求人人都参加,都要拿出最精彩的文艺节目,活跃农村业余文化生活。

"下面我第一个报名,给大伙带个好头,希望大伙都踊跃报名,把这台戏唱好,唱出水平。"

民兵连连长风趣幽默的激情演讲引得大伙儿哄堂大笑。打破了紧张而害羞的场面,民兵连连长挥动着双手说:"大伙静一静听我说,我选择的文艺节目是《白毛女》。"

连长还没说完,调皮捣蛋的二愣就开始抢话了:"连长你演杨白劳,那谁演白毛女?那白毛女能不能成杨白劳的媳妇儿啊?"

二愣提到"媳妇"这个敏感词,全场都沸腾起来。有的青年低着头在想,如果演文艺节目能娶个媳妇,而且能唱戏,那可是天上掉馅饼,天大的好事儿,无本万利。

青年民兵个个热血沸腾,帅气的二愣扭动着屁股唱起来:"年轻的朋友在一起比什么都快乐。溜溜了她哟她哟我哟,你不用介绍你,我不用介绍我啊,年轻的朋友在一起,比什么都快乐……"

民兵连连长转移话题,问大伙:"不如就叫二愣唱这首歌儿,好不好?"

二愣接过话说:"连长,你别扯开话题,我是说你唱《白毛女》,你演杨白劳,那谁演喜儿?"

连长说:"我演杨白劳,王春花演喜儿,我们两个已经商量好啦。"

掌声和欢呼声响成一片,为这对郎才女貌,演《白毛女》的同志鼓掌叫好。

紧接着站起来的一个青年人吸引了在座人的目光。他不慌不忙地说:"我报一个节目,《红灯记》中的一个片段,李玉合和李铁梅。"

掌声再次响起,连长问:"王国强你演李玉合,谁演李铁梅?"

这个问题问得好,沸腾的场面一下子静止了。人们眼巴巴地等着王国强嘴里吐出的名字。众人的目光一下子聚集在王国强身上,王国强满脸通红,害臊得说不出话来。

民兵连连长赶紧替王国强说:"李铁梅由王金枝扮演。"

人们再次响起雷鸣般的掌声,为这一对金童玉女而欢呼。

人们的激动情绪还未平息,突然间,大队会计王建国从人群中站起。他高声宣布:"我来报一个节目,我们要演《天仙配》。"

此言一出,二愣兴奋地跳了起来,放声大笑,热烈鼓掌,他的反应瞬间点燃了现场气氛,一下子把人们带到心飞扬的境界。

二愣像审判官一样开始说话:"你演董永,谁演七仙女?"

王建国站在人群中,身高一米八、身材很魁梧的他,今天站在这么多人面前满脸通红,不敢说这个人的名字。

连长忙说:"建国,你想叫谁跟你搭档?勇敢地说出来,我们都会支持你的。"

大队会计王建国也不知道哪儿来的勇气,满脸憋得通红说:"我想请王香草演七仙女。"

王香草斜着眼睛看了王建国一眼说:"我不跟他一起演戏。"

连长忙问:"为什么?"

王香草立马回复:"不为什么。"

连长耐心地做起了思想工作,说:"别人想和你搭档演戏是看得上你,你要赏这个脸,不能当着这么多人的面儿打人家的脸。"

香草说:"连长,我跟你说实话吧,他的性子慢,我的性子急,我们不能在一起演戏。"

连长忙接过话说:"我们这是在演戏。慢工出细活,才能演出好戏来。我们又不是去抢金元宝还要快动作。我们在这里希望能得到你的支持。我们民兵工作承上启下,肩负着很多的重要使命,我们只有服从,没有拒绝。我们无条件服务社会,跟着共产党走社会主义道路,才有个人前途,我们的国家才能强大。"

民兵连连长的一番话，说得王香草低下了头。

连长继续说："我提议增加一个节目《沙家浜》选段，胡传奎和阿庆嫂的对唱。由二愣演胡传奎，王金枝演阿庆嫂，王国强演刁德一。大伙儿说我这个建议好不好？我哪里有想不到的，希望大伙儿能给我多提宝贵意见。二愣、金枝、王国强，你们三个人，愿意接受《沙家浜》的演出任务吗？"

大伙儿齐声替他们三个人说："愿意接受。"

民兵连连长说："说到这里，我想征求一下大伙的意见，我们集体大合唱，就唱《没有共产党就没有新中国》，这首歌和现实很相符，而且歌儿的主旋律铿锵有力很好听。如果大家没有什么意见，就定为大合唱。还有一首歌必须唱，那就是'万泉河水清又清，我编斗笠送红军。军爱民来民拥军。军民团结一家亲……'这首歌我们要有所准备，在搞军队联欢的时候唱。下面还有谁要报节目？希望人人都参加。为了我们这次汇演，每个人都要出力，为丰富我们农村业余文化生活增添色彩。下面总结一下，总共能有几个节目……有《白毛女》《红灯记》《天仙配》《沙家浜》，大合唱《没有共产党就没有新中国》《万泉河水》。"

这时，二愣站起来说："我报一个节目，独唱《我爱你中国》。"

连长拍着巴掌叫好说："这才是我们年轻人的样子，勇敢、直爽，大伙都要向二愣学习，还有谁报？"

王春芽忽然站起身来，可是她紧张得说不出话来。连长忙说："别紧张，慢慢说。"

王春芽稍微停顿了片刻，然后说："我报一个节目——《唱支山歌给党听》。"

随后掌声响了起来。

连长赞美道："王春芽和二愣的勇敢给我们做了榜样。以后谁再想报节目可以随时来找我，欢迎大家踊跃参加。每天晚上大家可以到大队这里排练节目，也可以找最适合自己的排练场地，这个不限制，只要大家能拿出好的文艺节目，民兵连部都会大力支持。还有一件事，上次开会跟大家讲，团员是中国共产党的后备军。由于工作需要，任命王建军担任团支部书记。有写好入团申请的请交到王建军手里，以后由他来主持团支部的工作。"大家响起了热烈的掌声表示祝贺。

连长接着说："下面再说一件事，就是关于春种。我们青年民兵在农业大生产中一定要起到带头作用，互帮互助，将青年人最好的精神面貌展现在生产队社员面前。努力促进农业生产的发展。好了，时间不早了，散会。"

三

吃过早饭，生产队队长牵着两头黄牛，领着社员来到山上。他把肩上的耕犁放下，把两头牛的绳子绑在路边的树上。队长双手捧起一捧黄土，放在手心里用鼻子闻了闻黄土的香味。

有一个社员急忙问:"队长,你要吃黄土吗?"

队长说:"我们不是天天都在吃黄土吗?这黄土地经过冬天的休养生息和风霜雪雨的洗礼,它的清香甜味能治百病,不信你闻闻。"

队长两手分开各握一把黄土,看能不能把土握成球。

队长点点头说:"现在种花生,地温和湿度正合适。"

队长抬头大声召唤:"大伙都过来,靠近一点。下面说一下,今天种花生各人分工不同,都要干好自己的活儿。牲口把垄打好,后面两个捅窝的,窝要捅得深浅合适,窝深花生苗不爱出土,而且出土后它不爱生长;窝浅了土盖得薄,天不下雨,生根发芽的花生就会被强烈的太阳给晒死。所以,大伙干活一定要讲究质量。花生种在黄土地里,就要保证它的出芽率高,苗全、苗旺。千万不要把事情做得马马虎虎,草草了事,辛苦一年,到头来没有收成。哪一道工序干得不好,都会影响秋天的收成,到头来害了自己,也害了大伙。

"捻花生种的人捻两粒花生种,一定要捻在窝里面,不要露在外面。摸窝扶垄的人看到花生埋土浅一定用脚踩一下再多盖土,要保证花生种不露出地面。我们种完花生,人一走,喜鹊马上就来啦,如果有花生种露在外面的喜鹊就吃了,有时喜鹊还会在地里扒花生吃。花生种很金贵,我们人都不舍得吃,所以后道工序一定要做好。摸好窝、扶好垄,最后用铁锨在花生垄上面压一趟,这样既结实又防晒,还能防止喜鹊来偷吃花生种。

"年年种花生,年年都要说,花生种很金贵,而且留的花生种是有数的,希望大家都能管住自己的嘴,不要吃花生种。有一句话叫吃花生种要肿嘴,等放工回家时,我看看谁的嘴肿了,我就要惩罚谁,谁吃花生谁今天就白干,没有工分。"

春季食物紧缺,青黄不接,糠菜肚子看到花生米,诱惑力很强,就好像看到了人参果,口水直流。偶尔偷着往嘴里放几粒,队长如果真的看见了,也只不过是咳嗽一声,睁一只眼,闭一只眼。队长很理解这难过的日子。

队长说:"每年四五月是种花生的最佳季节。花生种落地后,十五天左右才能破土而出。长出苗后经过二百多天的细心管理,到了秋天才能有好的收成。一年四季种的庄稼中花生是最宝贵的,但对于任何人来说,花生再宝贵也不能当作主食。

"我们农民在黄土地里不管种什么庄稼都要尽心尽力。因为它们是天地万物中的一种产物。白天吸收着太阳的光照,晚上吸收着月亮的雨露。吸收天地日月之精华,才成就了庄稼的开花结果。

"我们要认真对待每一棵出土的庄稼苗,成为陪伴庄稼苗成长的农夫。我们究竟怎样才能成为一位合格的农民?这个问题由我们公社每一位社员来回答。说一千,道一万,我说得再多也不如社员们干得好。下面开始种花生,各人都要干好自己的这道工序。"

队长套上耕牛，在地里打垄，年轻人像风一样在黄土地上寻找自己的位置。特别是捻花生种的女社员，小白条篓子里装着花生种时，她们感到在这一群人里，谁也比不上她们富有。多么想抓一大把花生种放在嘴里过过瘾。可是队长的眼睛扫射着地里的每一个人。

尽管这样，女社员提着花生种，走到男人身边时，男人们还是会用风一样的速度，抓几粒儿放在嘴里过过口瘾，还不忘转过头来扮个鬼脸，表示谢谢。如果被队长发现了也只是咳嗽两声说："不要搞小动作，快干活儿。"社员们感慨万千，心想如果一年到头都种花生那该多好！

西边的太阳快要落山了，农民也在收拾工具往家走。

青年民兵文艺汇演正在紧锣密鼓地排练中。大队会计室成了青年人每晚向往的地方。穷山沟黑灯瞎火，死气沉沉，如今被一群年轻人搞得活跃起来。音乐一放，锣鼓一响，年轻的朋友在一起比什么都快乐啊！演戏的、看戏的，人们晚上的业余生活丰富多彩，感到很幸福。民兵连连长美在其中，乐在其中，兴高采烈地指挥大家排练节目。

没过几天，民兵连连长发现了不对劲儿，怎么排练节目的人少了好几个？民兵连连长百思不得其解，人都到哪儿去了呢？后经过多方了解，才知道他们自己找着了排练场地，同民兵连"脱钩"了。

民兵连连长深知问题的严重性，如果不加以控制，年轻人在一起恐怕是要超越男女正常的纯洁和友谊。民兵连连长翻来覆去不能入睡。什么样的紧箍咒可以解决眼前的问题？民兵连连长思来想去，试图寻求解决的方法。

吃过晚饭，街上的哨子声又响了。民兵今天晚上开会。

民兵集合起来，连长开始讲话："大伙儿静一静，今天晚上开会主要是为了解决我们在排练节目中出现的问题。我希望大家不要说话，认真听。大家都知道，我们排练文艺节目，是为了让我们这个穷山沟里青年民兵的业余生活丰富多彩。不管大人还是小孩子，晚上跑来看我们排练，我们穷山沟的气氛一下子活跃起来了。我真的很高兴，感谢各位青年民兵的努力，为我们的父老乡亲带来了喜悦和幸福。我下面要说的一件事是，有几对青年连续几天没有参加排练。我不知道是什么原因，我很担忧，所以今天专门为这事召开民兵连部会议。我首先问二愣，为什么这几天你没来排练？"

二愣说："连长，你不是说我们可以自己选择排练场地吗？"

连长诚恳地回答："不错，这话我说过。你自己找好了排练的场地吗？"

二愣说："是的，连长。"

连长问："你跟谁一块儿排练？"

二愣回话："我和春芽一块儿排练。"

连长问："你们又不是男女对唱，为什么你们两个人在一块儿排练?"

二愣说:"连长,这个你说过的,自愿结合。"

连长问:"你们选择的场地在哪个地方?"

二愣回答:"我们选择的场地在小河边的大树下。"

有一个民兵突然说了一句:"那可是谈情说爱的好地方。"

一句话引得大伙儿哄堂大笑。

二愣害羞地说了一句:"我们只是在排练节目,连长,我向黄土地保证。"

连长说:"我相信你,可是大伙儿都能相信你吗?你敢说你没有别的想法吗?"

二愣急了,说:"连长,绝对没有!"

连长语重心长地说:"二愣,我相信你,但今天没有,不代表明天也没有。今天开会我就是为了说这个事情。咱们以后言行举止要注意影响。

"今天我要说的是,我很喜欢我们青年人在一起热热闹闹的,但不能热闹过头,做人要守住底线,不能被别人说三道四,戳脊梁骨。人与人在一起永远要保持纯真的友谊。不能跟道德不好的人学,败坏社会风气。

"我们在一起排练节目,一定要保持清醒的头脑,一定要保持人与人之间的纯真友谊。如果感觉有自己心爱的人,各方面都合适,可以找村里的老人做媒,明媒正娶,也可以找我,到时候我给你们办个集体婚礼。我说这些不知大伙听没听懂?"

每天晚上排练节目时都在演绎着精彩的人生大戏。

四

一连几天，农民们都在忙着种植春花生，这份喜悦简直无法用言语表达。种植春花生的农活相对轻松，偶尔还能偷闲品尝几粒花生种子，真是美事一桩。随着去年花生的丰收，农民们之前因杂粮和蔬菜为主的饮食、瘦弱的身躯缺乏营养的状况得到了明显改善。现在，他们在黄土地上劳作时，不仅底气更足了，声音也更加洪亮了，浑身充满了力气。春风吹过，他们满脸的笑容显得更加灿烂。

春花生种完了，开始栽地瓜苗。队长赶着两头牛在黄土地里开沟，青壮年社员以最快的速度跟在耕犁后面往沟里施土肥。队长赶着牛打着牛屁股，可老牛总是慢悠悠的。队长不耐烦地抽打着老牛，人饿，牛也饿。牛拉着耕犁，犁起施好土肥的黄土，地瓜垄也总算是打好了。有两个社员栽地瓜苗，为了节约时间，他们将地瓜苗按合适的间距放好，栽地瓜的过程中走到时顺手拿一捆。

这干活呀，把戏不把戏在架子。栽地瓜苗的两位老者拉开了架子，面朝黄土地，屁股翘上天，弯下腰，两腿弓，朝后退着走，左胳膊窝里夹着一把地瓜苗，左手里拿着一小把地瓜苗，手指往外一棵棵地推送，右手接过地瓜苗插在地瓜垄的黄土地里，一步一步朝后退着走。走一步插一棵苗，以最快的速度跟上打地瓜垄的耕牛。

> 我们的老父亲，您是最可爱的人。
> 您往前走，是抓地虎。
> 您朝后退着走，是雄鹰展翅。
> 您前走走，再后退退。
> 一年不知围着地球走了多少圈儿。
> 都说咱农民苦啊，都说咱农民累。
> 这苦和累可不是千年等一回。
> 天天，月月，年年，岁岁。
> 我们的老父亲，您是最可爱的人。
> 您一生的付出。陪伴着黄土地。
> 养育着中华儿女。
> 你们的儿孙将永远不会忘记您。
> 我们的老父亲。

两位姑娘正在辛勤地浇水，她们左手提着沉甸甸的水桶，右手握着水瓢，精心地滋润着地瓜苗。她们在地瓜沟里轻盈地行走，忙碌地穿梭，甚至小跑着浇水，显得身手敏捷，充满活力。春风似乎特别偏爱这两位姑娘，轻轻抚摸着她们清秀的脸庞；太阳也毫不吝啬地将温暖的阳光洒向她们，仿佛是对她们勤劳的赞赏；而村里的小伙子们更是对她们暗送秋波，毫不掩饰自己的倾慕和爱恋。

挑水的小哥哥们,从远处找到了水源,他们用扁担挑着两只水桶,展开双臂,迈着轻快的脚步,像蝴蝶一样飞来飞去,穿梭在黄土地上,为地瓜苗送来了救命水、生存水。两个摸窝的姑娘在保证质量的前提下,以最快的速度完成自己的这一道工序,紧跟着前面浇水的姑娘。

队长赶着耕牛,眼观六路,耳听八方,检查着每道工序,尽可能确保地瓜苗的成活率。

春将尽,夏来临。春天播种完成后,准备迎接麦收。麦收前必须把春作物全部锄一遍,防止麦收期间杂草丛生。生产队社员齐上阵,趁着好天气把地锄完。那清脆的铁锄声划破地面,清脆悦耳,看着一片片的杂草倒下,社员们在黄土地里你追我赶,把杂草消灭在萌芽中。

青年民兵排练的文艺节目准备在麦收前上演。因为贫穷,农民穿的衣服都是补丁摞补丁。演戏没有服装道具,怎么办?民兵连连长徒步来到公社驻军部队,与部队领导协商借部队的服装。部队领导很快就同意了,并邀请民兵文艺团体有时间的时候到部队搞军民联欢演出。连长也愉快地答应了。

部队帮助地方解决燃眉之急。民拥军,军爱民,在社会主义大家庭里,在党的领导下,军民鱼水情谊深。

准备了一个春季,"丑媳妇儿"总是要见"公婆"的。十里八乡的乡亲都赶来看演出。大幕缓缓拉开,戏台上站着一对青年男女——王国强和王金枝。王国强身穿绿色军装,英姿挺拔。王金枝身穿女兵服装,扎两个小辫,戴着军帽,背着写有"为人民服务"的军用背包,显得格外耀眼。

中华儿女多奇志,不爱红装爱武装。台下看戏的人无不拍手叫好。这对金童玉女真的是很养眼。

在这对金童玉女的主持下,第一个节目开始了,是二愣独唱《我爱你中国》。二愣从小爱唱歌,山里的孩子不管是在荒山野外,还是刮风下雨,只要是站在黄土地上就可以大声唱几句,练就了一副好嗓子。二愣这第一个节目开了个好头儿。

第二个节目是女声独唱。由王春芽演唱《唱支山歌给党听》。这甜美的歌声在山沟儿里回荡着。

第三个节目是《沙家浜》中的一场,是阿庆嫂、胡传奎、刁德一三个人的一场戏,演得有模有样,有滋有味儿,台下的掌声一阵又一阵地响起来。

第四个节目是《天仙配》,憨厚、忠诚、老实的董永,古灵精怪的七仙女,演出了山区绝版的《天仙配》,真是令人拍手叫好。

…………

民兵连连长一个春天的努力,为山沟沟里的人们奉献了一台好戏,人们赞不绝口,演出结束时已是深夜。人们回到家里,甜美的歌声仍然在耳边回响,那精彩的一幕幕在脑子里回放,乡亲们甜甜地进入了梦乡。

演戏是演戏。我们现实的生活就是在穷山沟里，在黄土地上演出自己的精彩人生。

第二天早晨，队长领着男人们往山顶上推土粪，山路十八弯，高低不平，小车往山顶上推十分艰难，人们个个气喘吁吁、汗流浃背。队长召唤一声，让人们在河边的大柳树下休息一会儿。青年人坐在一起，昨天晚上的文艺节目让他们感到意犹未尽，他们讲述着、评论着。

队长和一位老者在一起嘀嘀咕咕的小声说话。

队长问老者："八叔，昨晚上看演出了吗？"

八叔点点头，拿着手中的长烟袋一口一口地抽着。

队长又问："节目演得怎么样？"

八叔拿着手中的烟袋杆说："在我们这个山沟里能演出昨晚上的那些节目，看得出来你是用心思了。"

队长又问："八叔，你看这几对青年怎么样？"

八叔说："我看好二愣和春芽这一对，二愣是个过日子的好男人，春芽这姑娘就是个小元宝。在庄稼地里，泥水下得去，过日子不丢不撒。三岁看老，薄地儿看苗。如果他们两个能成双成对，那往后肯定是咱们村的一户好人家。"

队长又问："那其他几对怎么样？"

八叔接着说："演《天仙配》那一对，那个姑娘不行，像她妈，多事儿，谁娶回家也过不了好日子。这是家风、家教，是无法改变的。国强和金枝戏演得好看，在庄稼地里不实用……不说了,不说了。"

队长哈哈大笑,推起小车召唤着大家:"赶在傍晚放工前,我们再推两趟。"

吃过晚饭,社员们都到生产队学习。计完工分,队长说:"明天就开始收割小麦了。今天就不学习啦,我说说今天到公社开三级干部会的事儿。参加会议的有村党支部书记、民兵连连长和生产队队长,公社党委很重视三夏麦收,要我们到嘴的粮食一定要收拾好,防连雨,还要保证秋季庄稼在短时间内保质保量地种好。我大体做了一下安排,由妇女队长领着割小麦,我领着青壮年劳力往山上推粪和往家搬小麦。由八叔领着种秋季庄稼。妇女队长、我还有八叔,各人都负责把自己小组的人员和一切事务管理好。另外,我还要告诉大家一个好消息,地方驻军部队可能来我们村支援三农,所以大家要树立正确的人生观,认真对待农村最忙的季节。再忙我们也不能掉链子,再忙我们也不能乱了步子,要保持一个清醒的头脑。明天我们就开始收割小麦,今天晚上大伙早点儿回家休息,我就说这些。"

麦收季节,时间短,干活累。每当麦收来临,小麦弯了头,小姐下了楼。

什么事情能叫小姐下楼?只有天大的事——麦收。

割小麦是农活中最为辛苦的一项。一年又一年,不管种多少小麦,都是大姑娘小媳妇儿一镰一镰地收割。因为她们不会推车，无法把土粪推到山顶，往家推小麦不会装车，种秋季庄稼不会使耕牛，所以姑娘们只能一镰一镰地收割小麦。

吃完早饭，姑娘们穿上准备好的旧衣服，戴好套袖，拿好镰刀，妇女队长便领着姑娘们出发啦。这漫山遍野，一片片金黄色的麦浪，籽粒饱满，低着头向人们发出微笑，可是今天姑娘们无力回敬小麦的微笑。

大姑娘小媳妇儿，以前不管走到哪里，就像是喜鹊窝里捅了一棍，叽叽喳喳，说笑打闹。而今天她们都"傻"了，一点儿声音也没有。

她们来到麦田地头儿上，一个个唉声叹气，这么多小麦什么时候能割完？姑娘们愁眉苦脸地坐下磨镰，等待着今年割第一镰小麦。

妇女队长站起身来走向麦田，看着那龇牙咧嘴的麦穗，莫名其妙地仰头大笑说："今天收小麦你们都发愁吧？我也发愁！发愁有什么用？我们该干的活儿还得干。今天收割小麦，我先割头一镰，然后你们在后面跟上，挣六分的割六垄，挣五分的割五垄，以此类推，麦根儿不要留得太高。小麦一定要捆结实，不能掉得满地都是。人人都把自己的衣服整理好，不允许衣服呱呱啦啦，影响割小麦的进度。"

收割开始了，太阳刚出来，露水还没有消失，姑娘们在麦田里跳着一场特殊的芭蕾舞。蹲在地下，两脚尖儿着地，脚跟在空中，身体的重量都压在脚尖上。右手拿着镰刀，左手握着小麦，割一把放到腿中间夹着。衣服被露水和汗水浸湿了，早晨的露水冰凉、寒湿，你很难想象她们的样子。

麦田里，她们蹲着走，像草上飞一样与小麦展开了生死搏斗，狭路相逢勇者胜，她们是勇士，是战士，浴血奋战，努力冲杀，杀出一条条的麦路。用不了几个回合，姑娘们便无精打采的，连话都说不出来了。喜鹊窝里捅十棍也没有声音了。

到了傍晚时分，姑娘们的双腿已经疲惫不堪，几乎无法行走，双脚也因长时间的劳作而疼痛不已，甚至不敢轻易触地。然而，即便是这样，她们晚上还得坚持上场打小麦。

一年又一年，麦收季节对姑娘们而言，仿佛是一次次的脱胎换骨。

五

农闲时，农民用锄头和粪耙把土粪倒细，准备种夏季庄稼用。生产队队长放下两手握着的车把，对所有推粪的社员说："咱们男劳力是搬运组的，我们是麦收中间的一个部分。前面有姑娘和小媳妇们一把一把地割小麦。她们女同志不能推车，特别是往山上推粪。小麦往家搬时，女同志不会装车，叫她们一镰一镰地割小麦真是委屈她们了。

"我们男同志推粪一定要把车筐装满，再用铁锹拍一拍，省得走在路上顺着车筐缝掉在路上。车筐要上满，不要空跑腿，我们要及时地把土粪送到地里，后面好种夏季庄稼。我们干活二愣站起来问连长:"连长,就是说以后不允许自己找场地排练了吗?"

连长说:"可以这么说,只有在连部的统一安排下,才能进行有效的排练。这是为了你们好,也是保护你们,希望你们能理解我的良苦用心。"

二愣问:"连长,你把话都说到这个份儿上了,我们只有服从、遵命、坚决执行。"

连长说:"那好,从今天晚上开始,我们就在一起集体排练。我们先把节目顺序排好,第一个节目演《红灯记》,第二个节目演《白毛女》,第三个节目演《天仙配》……"

一连几个晚上的排练,效果很好。演《红灯记》的演员是一对金童玉女。演李铁梅的王金枝白白净净,皮肤水嫩,柳叶眉,杏子眼,樱桃小嘴。王国强身材偏瘦,身高一米七九,长着一副文静书生的样子,演李玉合。

连长王国庆和王春花演《白毛女》,两个高素质的人心有灵犀一点通,是最佳搭档。

王建国和王香草演《天仙配》。王建国忠诚老实,长得好;而王香草古灵精怪,是一名农村代课教师。香草在演戏时故意刁难、耍王建国。王建国总是傻笑,想走进香草的心田。这也许是上天的安排。看戏的人对王香草的行为极其反感,而建国却痴情于香草,真是没办法,爱建国的人他不要,不懂他的人他却一片痴情。

儿要速度快，抽出时间，帮帮割小麦的女同志。大伙儿一定要知季节，必须防备连雨天的来临。我们大伙儿头上都要安上松紧带，忙时我们就要紧一紧，闲时我们就要松一松。各自都要做好自己分内的事儿。"

这时，二愣开口说："队长啊，我们都没有松紧带，你能不能一人发一根套在我们的头上。忙时紧一紧，闲时松一松。"大伙儿被二愣的玩笑逗得哈哈大笑，队长用他那低而洪亮的嗓音说："调皮捣蛋的二愣，赶快干活儿去。"

队长的麦前动员，二愣的笑话鼓起了大家的干劲儿。车也快，腿也快，一会儿就到了山顶。

队长放下车把，向妇女队长走去，问一声："怎么样，还适宜吗？"

妇女队长本来脚尖着地，队长这么一说，她双膝跪在地上哈哈大笑，问："队长，你是来看我们的笑话吗？"

队长身体转了半圈儿，又转回来说："看你这话说的，我怎么能来看你们的笑话？你们不用发愁，我们男同志抽时间帮你们割小麦。另外，我要告诉你们一个好消息，部队战士要来我们村支援三农，帮我们收割小麦。"

累得跪在地上的姑娘们听后突然从黄土地上爬了起来，你拉着我的手，我握着你的衣服，发出欢快的笑声，跳起蝴蝶舞。

队长看到姑娘们的表情，内心五味杂陈。战场上坚守阵地需要几个小时、几天？而姑娘们这持久战一干就是十几天。这个时候谁能帮忙割一镰小麦，便有救命之恩，姑娘们一听都乐坏了。

二愣这时走过来，要拿春芽手里的镰刀，春芽害羞地低下头说："不用你。"

二愣从春芽手里拿过镰刀，弯下腰，屁股朝天，瞬间小麦与镰刀清脆悦耳的声音响成一片。姑娘们都看傻眼了。

队长说："你们都跟着春芽学着找个帮忙的，别干发愁。"

八叔牵着两头牛，扛着耕犁，肩膀压得怪不舒服的。到了地头儿把耕犁放下来，将手中牵着的两头牛放在路边，牛看到绿油油的青草，忙着吃草，为了填饱肚子，它们选择又高又绿的草吃。后面的人也陆陆续续来到了麦田地头儿上。

八叔拢着耕犁开始说话："割小麦真是能累死个人。不过咱们这个小组活是最轻的，你们都知足吧，累的就是那一群姑娘。"

八叔嘿嘿笑了起来，说："咱们这个小组也不能去帮助那一群姑娘，我们要干好我们自己的活。今天栽地瓜，人人都要打起精神，栽地瓜芽子一定要合理分配。不要二百里地栽一棵，你省力啦，可害了大伙都得跟着你挨饿。栽地瓜要把根儿埋在土里，不要露在外面，露在外面，天不下雨，就干死了，干死一棵苗儿，到秋天就少一棵的粮食，多收一些粮食，我们就不会挨饿。

"浇水的把挑回来的水认真浇在地瓜窝里,而且要浇匀称,别这个窝浇得多,那个窝浇得少,我们把地瓜栽到地里就是要保活,保质保量,保秋天有个好收成。咱们都知道挨饿的滋味不好受。三尺肠子闲着二尺半,两只腿支着个屎肚子,没有粮食肚子是空的,饿得抠心挖胆的。粮食就是咱们的命根子,我们都要好好干自己的活儿。地瓜窝一定要抹平、按结实,别透风。大伙儿都分散开,各人要干好自己的活儿。"

八叔拿着牛鞭抽打着牛屁股,"哼哈!哼哈!"赶着牛打地瓜垄,同时,他认真观察着每一个社员干活的质量。

看到这群生龙活虎的人你追我赶,认真干自己的活儿,八叔心中美滋滋地想:队长啊,你有这么好的社员,何愁公粮交不足?你有这么好的社员,何愁秋天没有个好收成?这是一幅美丽的人牛耕种、天地合一的画卷。

中午饭送到山上吃,吃完饭人们都躺在平地上休息,睡一觉,下午接着栽地瓜。

到了傍晚,八叔说:"动作麻利点儿,争取今天把这块地栽完,明天我们种夏玉米。"

小组的人都鼓起了干劲儿。

收工时,八叔告诉大家:"晚上全体都有,上场打小麦。拿着麻袋,推着车,麦子打完了,分麦粒和麦秸,自己都准备好工具。"

姑娘们从东山收割小麦到西山,又从南山到北山,哪一块儿小麦熟了就收割哪一块儿。姑娘们围着山转，盼星星、盼月亮，终于盼来了解放军。全村人都欢迎解放军的到来，生产队安排好了专人烧绿豆汤送到田间地头。姑娘们心里可乐开了花，部队铁打的纪律，战士们不敢多看姑娘们一眼，只是埋头收割小麦。

战士们两天的辛苦胜过姑娘们几天的努力。到了傍晚，部队首长和村支书握手告别，并邀请青年民兵在建军节时到部队搞军民联欢，并一起搞军事训练。村支书愉快地答应了部队首长的邀请。

姑娘们收割小麦的大难题由解放军战士帮助解决了。剩下寥寥无几的小块儿麦田，姑娘们身上的担子卸掉了，再不用发愁啦。喜鹊窝里，又响起了"叽叽喳喳"的欢声笑语。

从麦收开始，大家伙每天晚上到场上打小麦。觉没睡够，人们早晨起来匆匆忙忙吃点早饭，两眼蒙眬地来到田间地头儿。老庄稼人总是那么扛劲儿，那么有精神，八叔放下耕犁送牛去吃草，他在田间地头儿，东转转、西转转，做好记号，准备在中间起垄围着田地种豆。

规划做好啦，八叔跟大伙说："今天咱们种豆，两个人捻豆种。一个窝里是4~6粒豆种。豆豆4、5、6撒撒手7、8、9，咱就按4、5、6粒捻豆种，捻多了豆种，长不起来。种庄稼呀，大伙儿一定要注意，怎么种，自己心里头有个底儿，我们一定要把握好季节，保质保量，保丰收，咱们早些开始种，中午天太热的时候我们就种完了。天气预报说今天晚上有雨,所以下午我们到场上打小麦,今晚就不用打夜班儿了。"

下午,生产队的社员都到场上打小麦,机器轰隆隆地响着。男同志用叉子把小麦往机器上叉。女同志接麦粒、收拾麦秸,出汗出力不说,被麦糠搞得睁不开眼,满脸铁黑。

大白馒头好吃,打小麦可不是轻松的活,又脏又累。好不容易打完了小麦,为了防止晚上下雨,队长告诉大家说:"一定要盖好,我们辛苦一年,如果小麦湿了、烂了,我们拿什么交公粮?总不能拿烂麦子和生芽的麦子交公粮吧。"

吃完晚饭,大家今天晚上能早些睡觉。天气预报还真准,晚上下起了雨,第二天雨还在下。不用上山了,好好休息,睡一个懒觉吧,可是家里的女主人早就在等着你了:"别睡了,别睡了。明天就是六月初八,李龙爷过生日。每年必须得用新麦子面蒸大枣饽饽给李龙爷过生日。麦子还是粒,得赶快上磨去推。"使新麦子面给李龙爷过生日,在文登这一片黄土地上,那可是一个大日子。家家都遵守这一民间习俗,祈求李龙爷保佑家乡父老乡亲,祈求风调雨顺,五谷丰登。

古老的东方有一条龙,龙是中华民族的图腾,文登人民对龙更有一份特殊的感情。文登人都是听着龙的故事长大的。传说中秃尾巴李龙爷就生在文登。

传说,文登有座山叫柘阳山,山下有一对夫妇,男的姓李,女的姓郭,女的是山后郭家村人。这对夫妇生活困难,没有房子,没有地,后搬迁回龙山的山东村。他们夫妻二人老实本分,开荒种地,农闲时做豆腐卖,小日子还算过得去。可过了很多年他们都没有一儿半女,随着年龄的增大,郭氏无限忧愁,盼望能有个孩子。有一次,郭氏到河边去洗衣服,正值夏天,口渴难忍,喝了河里的水,从那以后郭氏有喜了,可是怀孕三年也没有生子。

一个电闪雷鸣、风雨交加的夜晚,郭氏生产了,这一天就是农历六月初八。孩子出生后,谁也没有看见过婴儿,但每天傍晚婴儿都回家吃奶。每天回家都是上通天、下通地漆黑一片,什么也看不见。把他爹愁得,就点了一盏灯,用瓢扣着,将一把镰刀磨锋利,握在手里。这天晚上又和从前一样,婴儿带着震耳欲聋的响声回家吃奶。当婴儿在他妈怀里吃奶时,他爹把瓢一掀看见一条龙,正在妻子怀里吃奶,尾巴在梁上。他爹拿过镰刀朝着尾巴就砍了下去,把龙尾巴砍掉了。这条黑龙痛得抓起他爹一阵风就跑了,把他爹扔在了东南大海里。等他痛醒过来时,才想起那是他爹。

他沿着东南沿海寻找他的父亲,尽管翻江倒海,但也没有找到。李龙爷被父亲砍掉尾巴,疼痛难忍,一头扎进东北的一条江里。

当地有一条白蛟住在这条江里,白蛟一看黑龙来了,就在江里打了起来。黑龙身上有伤,没有打过白蛟,正准备离开东北,忽听当地山东移民说白蛟无恶不作,祸害当地百姓多年,当地百姓对它恨之入骨。

于是黑龙下决心为民除害,夜晚他托梦给山东移民说:"我是从山东文登过来的黑龙,三天后我要在江里打败白蛟,为民除害,希望得到山东移民的支持。"

黑龙和白蛟在水中打斗,如果水上泛起白色的浪花,山东移民就往水里撒石灰粉,白蛟被石灰粉呛得看不见。如果水里泛起黑色的浪花,山东移民就往水里扔馒头,黑龙吃了馒头就会更有劲儿。

黑龙和白蛟在水中打斗了三天三夜,黑龙终于把白蛟打败了。这条江从此改名为黑龙江。

从此秃尾巴李龙王镇守此江,为民造福,确保附近百姓风调雨顺。

后来,东南沿海地区修了李龙爷庙。每年谷雨在海边打鱼的渔船,为了讨个好彩头儿,保渔船平安回来,都会举行声势浩大的活动。蒸大饽饽,拿猪、鸡、鱼等供品在李龙爷庙前赶庙会,庆祝谷雨百鱼上岸。此风俗延续至今。

以前,海上行驶都用小三板船渡人。开船时,船家总是大喊一声:"有没有山东人,有没有文登人?"船上的人就会喊"我是山东人,我是文登人"。他们认为,这样做这一船人会平安归来,海上无风无浪,是李龙爷在暗中保护。

李龙爷是个大孝子,经常在山东和黑龙江两地来往。每次回家看母亲,都是电闪雷鸣,风雨冰雹。龙母告诫儿子:"不要损害百姓的庄稼,能文走不要武走。文走就是小雨淅淅沥沥。武走就是电闪雷鸣、雷雨冰雹。如果必须风雨交加、电闪雷鸣。那你就从海上走,不要走陆地,以免损害百姓的庄稼。"

秃尾巴李龙爷造福百姓,源于龙母教子严格。人们为了纪念龙母,每年三月初二龙母的生日时,举行的声势浩大的庙会胜过李龙爷六月初八的庙会。

文登四季风调雨顺,台风顺着北海湾就走了,不过文登这一片黄土地。每年农历六月初七,小雨下个不停。人们都赞不绝口地称颂:"李龙爷又回家过生日啦。"每年的六月初八这一天,天气都特别好。百里以内家家户户都用新麦子面蒸大花饽饽给李龙爷过生日。人们有的直接拿着大花饽饽到回龙山赶庙会,有的就在自家的院子摆供桌给李龙爷过生日。

到了六月初九这天,要下一场暴雨,这是刷山的雨,这风俗流传了许多年。

六

麦收工作已接近尾声,小麦粒归仓、草归垛。夏季庄稼也破土而出。人真的是有本领,之前还是漫山遍野金灿灿的麦浪铺盖着大地,转眼间变成了绿水青山,夏季庄稼,苗全苗旺,绿油油的一片。六月的太阳像火一样烤得大地发烫。庄稼长势喜人,晚上在玉米地里蹲着能听到玉米拔节的声音。花生也是遍地开花,农民为了秋季花生丰收,把花生用脚踩倒,这样更接地气，花生须才能更好地扎在土里。保证秋季庄稼丰收，必须得把草彻底锄掉。这话说起来容易，做起来难。

　　这个季节的草疯长，遇上好天锄草，火热的太阳把草就晒死了。遇上阴雨天锄草，只能是给草搬搬家，移动了草的位置，草接着长。

　　天气炎热，农民面朝黄土背朝天，身上都被太阳晒掉了皮。雷雨天、连雨天，加上火热的太阳，这样的天气是宇宙万物最佳的生长时期。草的生命力很强，农民想阻止草的生长，把大地的养分留给庄稼。

　　三伏天，一年最热的季节，连风都变得热滚滚的，农民拉开了除草的序幕，男女老少都参加锄草大会战，饭都是在田间地头吃。他们最怕的是遇到连雨天，辛苦地劳动只能是给草搬搬家。

　　有一句老话说"人过三十，草过天上日"。过了天上日，草开始往后使劲儿。大自然的规律不可违背，天上日一过，草发黄了，农民也可以缓一缓锄地的累劲儿，可以慢慢地把庄稼地里的草清理干净。在三伏天后期也可以休息休息，等待着丰收季节的到来。

　　秋玉米长势喜人，比人高，花生已结果，大豆的叶子盖住了土地。一年一度的锄地结束了，农民把锄头挂在空中逍遥自在地过起了三伏天。大人和孩子在河边的柳树下坐着小板凳儿摇着芭蕉扇，看湖里的渔民下网捕鱼，爱钓鱼的朋友也起早贪黑地围坐在水库边上放长线钓大鱼。这些人带着干粮,有时晚上都不回家。好一个美丽壮观的钓鱼场面。有时钓到一条大鱼,渔友们都跟着起哄,高兴得不得了,帮忙捞鱼。

鸭子在水中嬉戏追逐,渔友在河边钓鱼,农家媳妇儿和婆婆在水边洗衣服。他们说说笑笑,洗去了污垢,换来的是洁白美丽和漂亮,上善若水,水给人们带来无穷无尽的欢乐和享受。

七月的天气还是很热。七月初七,民间有一个美丽的传说。天上的织女下凡与牛郎成亲,生有一儿一女,夫妻恩爱,男耕女织,共度美好时光。可是王母娘娘知道女儿下凡成亲,违背了天条,将女儿强行带回天宫审判。女儿不愿意离开两个孩子和牛郎,王母娘娘只能传来二郎神急速捉拿织女回天宫。牛郎看到织女被带走,急中生智,将两个孩子放在箩筐里,用扁担挑起箩筐追赶织女。牛郎对织女一片痴情,王母娘娘拿下头上的银钗在牛郎和织女中间画了一条银河。从此,牛郎和织女被银河隔开。

为了能让牛郎和织女相见,在每年七月初七这天,美丽善良的喜鹊就会在银河上搭起喜鹊桥,让牛郎和织女在喜鹊桥上见面。

王母娘娘得知喜鹊搭桥让织女和牛郎相见,一气之下拔光了所有喜鹊的羽毛。每年七月初七过后喜鹊都会脱毛,人们称光肉子喜鹊。这个美丽的传说流传至今。

七月初七是中国的情人节,家家户户烙花饼,庆祝牛郎织女在喜鹊桥上相见。大人们将小花饼穿成一串儿，套在孩子们的脖子上祈求夫妻恩爱，幸福团圆。

七月初七总是阴雨连绵，人们会说是织女在银河那边哭哭啼啼地想孩子、想牛郎。

生产队晚上记完工分，由会计领读学习，然后生产队队长安排第二天的活计。队长慢条斯理地开始了他的讲话："大伙儿也都知道现在是咱们农闲季节，大伙儿干活都悠着干，咱们留着劲秋天大干一场。虽然说劲儿不是攒的，但是咱们把身体养好了，秋天也是用得着啊。现在生产的活儿不多，只是为了照顾大家每天能挣到工分儿养家糊口，才特地找一些活儿给大家干。

"咱们都知道民兵和青年近期在排练节目，准备和部队搞联欢。明天是八一建军节，就不安排青年民兵的活儿了，他们要去部队汇演，军民鱼水情谊深。我在这里多说句话，青年领着心爱的姑娘去部队汇演，希望都能看好自己心爱的姑娘……"队长话还没说完就引起了社员的哄堂大笑。

八叔坐着马扎，跷着二郎腿，把长烟袋杆从嘴里拿出来，笑得喷出了吐沫星子，说："队长，你也太小心眼儿了吧。村里就这几个姑娘，你就怕嫁到外村儿去。部队是有三大纪律八项注意的，不许在地方谈恋爱。"

队长接着说："小心驶得万年船，如果你自己心爱的姑娘跟着别人跑了，那你就得打光棍儿。家家户户都有烟火，别人进门儿热汤、热水、热被窝，可你家冷锅、冷灶、冷炕头。我们村儿都姓王，是一家人。谁家的日子好过，谁家的日子不好过，各家有各家的难处。喜忧参半，能互相帮衬一把就帮衬一把。儿女大啦，大姑娘要嫁人，小伙子要娶媳妇儿，是人生的大事，我们都帮帮忙，把我们村的姑娘都留在我们村做媳妇儿。"

有一位社员说："那队长你可要记住你今天说的话呀，你家里也有姑娘。"

队长嘿嘿嘿地笑着说："我家的姑娘还小。"

这位社员继续说："那队长你今天要对着我们大伙儿有个承诺，你家的姑娘也一定留在我们村做媳妇儿。"

队长说："看你这话说的，好！今天我向社员们承诺，我的姑娘也留在咱们村儿做媳妇儿。"

队长掏心掏肺的话，说得社员们心里暖乎乎的，老少都有个盼头儿。

青年民兵走出穷山沟去部队搞联欢这是第一次。他们似乎长了翅膀，看到了外面更大的世界，在舞台上，他们表现得非常出色，引起一片喝彩声。

军民相伴的节目演出，青年人在一起比什么都快乐。姑娘个个像茉莉花一样美丽，小伙子个个英姿飒爽。

部队战士们唱着："雄赳赳，气昂昂，跨过鸭绿江。保和平，为祖国，就是保家乡……"

歌声嘹亮，振奋人心。

最后是军民大合唱《我爱你中国》。

部队用最丰盛的午饭招待来自山区的青年民兵。下午民兵和部队战士搞军事演习，进行了真枪实弹的打靶训练。

部队热情款待，让青年民兵留下吃晚饭。青年民兵的"菜肚子"里有了一点油水。回家的路上，他们集体高歌一曲："日落西山红霞飞，战士打靶把营归把营归。胸前红花映彩霞，愉快的歌声满天飞……"

生产队队长晚上睡不着觉，想着社员们的大小事儿。眼下农闲有时间，青年民兵在一起排练节目，能不能以此促成他们的婚姻呢？

吃过早饭，生产队队长迈着他那充满智慧的步伐走进了村支书家，可把支书一家乐坏了。支书说："队长，你这个大忙人，怎么有时间到我家来？"

队长与支书寒暄了一番后，言归正传说："我今天来是想请你出山做媒。"

支书说："队长，你这不是说笑话吗？你如果说想找人做媒，你可找错人了，我可不会做媒。我只会说关于政策的问题，当媒婆儿的事儿你可别找我。戴着草帽子亲嘴，我连边都不沾。痴人做保人，馋人做媒人。我又不痴，又不馋，你可别叫我犯难。做媒人，那是娘们儿干的事儿。"

队长说："你是说你只会打官腔？"

村支书说:"不是你这么说的,做媒那是个细微的活儿,不是一般人能干的。"

队长说:"我也知道做媒人的难处。痴人做保人,馋人做媒人。咱也别说那么多了,我看这媒人,只有你做,才能保得了这个媒。"

村支书说:"如果非要我做媒,那我可得要叫你做我的军师。"

队长连连点头答应说:"好,我陪着你。"

村支书想起了一件事,赶紧抓住队长的胳膊说:"我被做媒这两个字给吓着了,忘记问你了,到底想给谁做媒?"

队长说:"我想给民兵连连长王国庆和王春花他们四对在一起演戏的做媒。我看他们很般配,所以想请你出山促成他们的美满姻缘。我为他们四对来找你,不过分吧。"

村支书连连点头说:"不过分,不过分。你怎么不早说是他们四对,你早说是他们四对,我不用你来找我做媒,我就去找你做媒了。"

队长说:"这么说,你从心里同意做这四对青年的媒?我想在夏季农闲季节里,咱们两个把这个事儿给跑一跑做成了。国庆节给他们举行集体婚礼。"

村支书说:"我同意给这四对青年做媒。队长,你放心,我一定尽我最大的努力,保证完成你交给我的任务。可是,我有一句话要说在前面儿,我们不管上谁家去做媒,你得在前面走。如果谁家的家长不同意,哪个娘们儿拿着棍出来打,你得替我挨揍。"

队长说:"你就怕你自己吃了亏。"

村支书说:"这个不是吃亏不吃亏的问题,是大局观念。留着我这一张脸好在村里继续做工作。"

队长笑着说:"好好好,留着你那张脸,好在村里发号施令。做媒到了谁家,难听的话我替你挡着,挨揍的事儿我替你受着,只要你跟着我走就行啦!"

山沟沟里的村支书和生产队队长,这一对搭档在谋划着,男婚女嫁配成双,千里姻缘一线牵。他们为男女青年穿针引线,做起了月下老人。

他们先问过这四对青年的意见。国庆与春花,建国与香草,国强与金枝,二愣与春芽,摇头不算点头算。他们渴望一起携手创造幸福生活。天上掉下了两位月下老人,为他们穿针引线做媒人,破解婚姻的密码,解决复杂的问题。青年人盼望着能在一起,夫妻恩爱的幸福生活就要来到眼前。他们个个都点头答应,表示愿意。这些青年人心中万分感激村支书和生产队队长为他们做的一切。

这下可乐坏了村支书和生产队队长。没费吹灰之力,就做成了媒。他们俩开始走访四对青年人的家长。漫长艰难的做媒之路拉开序幕。什么锅碗瓢盆儿,你家几床被子,他家几床褥子,一地鸡毛蒜皮。过日子真是不容易,娶媳妇儿那就更难了。

怎么办？硬着头皮也要干，要做到底。别人家的事还好说，建国和香草的婚事，香草的母亲坚决不同意。

七

村支书和生产队队长放慢脚步走进香草家的院子里。香草的母亲抬头看见他们俩，忙打招呼："来稀客了，快进屋。"香草的母亲是小脚，前走走，后退退，把两位客人请进屋，让在了炕上坐着。这时，香草的父亲刚从菜园子摘了一把四季豆回来，看到来了客人，忙把手中的四季豆放在盆里，就去给客人倒热水。

香草的母亲开始问话："你们两个咋这么新鲜？"

生产队队长接过话说："婶子，这不生产队不忙了嘛，我们就想起上你家来串个门儿。婶子，欢迎不欢迎？"

香草的母亲忙回话："欢迎！欢迎！一百个欢迎！"

香草的母亲还是坐不住，开口问："你们两个没有事儿是不会来我家的，有什么事儿就说吧。"

村支书接过话说："婶子，我们看上你们家的姑娘香草啦，想给她做个媒。"

香草的母亲不耐烦地说："你们两个就是闲的，痴人做保人，馋人做媒人，大事儿还不够你们两个管的，还管那么多的闲事儿。"

这一句话，把村支书和生产队队长说得挺不好意思的。生产队队长接着说:"婶子,你这个小姑娘应该想着留在一个村,大事小情留在跟前跑个腿。她大姐和二姐都嫁到了外村,这个就留在自己村吧,我们想给她找个婆家。"

香草的母亲开口说话:"有闺女可别留一个村儿。这头还没放完屁,那头就闻着味儿了。"

队长回话说:"婶子,你还必得放屁,不放屁不就没有味儿了?你这个孩子放那个轻快屁。居家过日子哪有锅碗瓢盆不碰一块儿的?远了听不见,在眼前了,就心烦了?"

队长接着说:"婶子,看来你家香草这个媒不好做。"

香草的母亲好奇地问:"我想问问你们两个,看上了咱们村儿谁家的青年,就这么想给香草做媒?"

队长说:"婶子,你这话说的才是正事儿。我们两个合计着咱们村儿大队会计王建国,人好,大高个儿,长得又俊,还在生产大队做会计,他们俩在一起很般配。所以我们想来听听你的意见。"

香草的母亲说:"俺们可不跟他,人长的还有那么个样儿,说话就像个木头人一样。俺们香草是个教师,俺准备给她找个军官呢。"

生产队队长接过话说:"人家建国兄弟是大队会计呢。"

香草的母亲说:"俺可不稀罕。"

队长忍不住说:"香草不就是一个代课老师吗?"

香草的母亲不服气地说:"代课老师也能转正。俺可不同意她跟建国，想也不用想。"

村支书接过话说："婶子，那我看这样吧，等香草回来，你问问她的意见，你们再商量商量，也听听她姐和她哥的意见。"

在一旁坐着的香草的父亲一句话也没说，看来这老爷子在家里没有话语权。

村支书和生产队队长走后，香草的母亲迈着小脚去对门邻居家说是非："我告诉你吧！媳妇儿，他连想也不用想，俺可不跟，没有爹，兄弟姐妹又多，家里穷得叮当响。"

邻居说："婶子，孩子的事由他们自己做主，你问问香草妹她自己是怎么想的。你再问问她哥、她姐的意见。"

香草的母亲没好气地说："谁也不用问，我说了算。"

邻居说："婶子，人都得有三番九转。人怕劝，车怕垫，谁还不是栽在儿女脚下。只要孩子愿意，只要孩子过得幸福，就可以了。建国人挺好，上哪儿去找那么好的青年？婶子您应该偷着美吧。"

香草的母亲说："我从来没见过人，我还偷着美？"说完心气不顺地走了。

她刚回到家里，就传出了尖锐的声音。香草的母亲心情不好，拿老爷子出气。

香草的哥哥姐姐都同意香草留在村里教书，同时也能照顾老人，只有香草的母亲挑三拣四，横加阻止，这门亲事很不顺。可香草被建国深深吸引，铁了心要跟他好。当初看着不顺眼，排练节目经常在一起也习惯了，习惯成自然。

生产队队长多次来到香草家做香草母亲的思想工作，都被她拒绝了。香草的父亲从不敢发声。

村支书想在国庆节为四对新人举行集体婚礼，可香草的母亲迟迟不肯答应。后经各方的协调，香草的母亲勉强答应了这门婚事。

村支书和生产队队长也走访了其他几对青年的家长。看着孩子们在一起排练节目，相知，相爱，相恋，家长也都没说什么，表示同意各自儿女的婚事。

国庆节时为青年举办集体婚礼，全村人都为之高兴。问题又来了，二愣从小是个孤儿，拿什么办婚礼？他连结婚的衣服、褥子、棉被都买不起。可是，社员们家家户户都不富裕。生产队队长犯难发愁，晚上整夜睡不着觉。

村支书问："怎么办？"

队长喘了一口粗气说："我来想办法。"

村支书问："你有什么办法？"

队长说："借。"

村支书问："借什么东西？"

队长说："借褥子、棉被和衣服。"

村支书说："那我可就不管了，全交给你来办。"

队长答应说："好的，我来给他操办，你放心吧！"

婚礼来临，队长忙着这四对新人的婚礼，跑东家，去西家，把他们都当成自己家的孩子，不仅他自己帮忙解决困难，还把自己的媳妇也贴上去了。因为二愣家没有老人张罗着办婚礼，队长就叫自己的媳妇全权代办，忙得不可开交，并找来了邻居帮忙。收拾婚房、糊墙、刷家，队长把二愣当成自家的儿子一样操心。

集体婚礼前一天晚上，队长跟媳妇跑了好几家借来了两床褥子、两床被子，还有结婚穿的衣服。队长的媳妇把婚房布置得很漂亮，把借来的被子和褥子铺在炕上，衣服放在被子上，一切都安排好了。傍晚，队长的媳妇回家做晚饭，剩下队长和二愣两个人在屋里。

队长告诉二愣："借来的被子，明天晚上就得还给人家，我都跟人家说好了。你可不能在借来的被褥上睡觉。春芽是个姑娘，她能不能理解你，这很难说。你得有心理准备，如果春芽不理解，不管她怎样哭闹你都得忍着，要让着她，别和她打闹，是咱对不起春芽，咱太穷了，过了今天晚上她就是你的媳妇了。往后过日子你多让着春芽，人心都是肉长的。过日子两个人在一起，就是你敬我一尺，我敬你一丈。

"但是，二愣，要记住，你是家里的男人，不要被幸福冲昏头脑。幸福来得太突然，觉得春芽能和你一个被窝里睡觉，就无原则地宠她、爱她，恨不能把自己的心肝都掏出来给她。失去理智的爱，最后会把自己搞得很被动。两口子过日子，要着玩啊，逗着玩啊，爱着啊，玩着啊，别有一番情趣。"队长笑着说，"我这叫老的不撒痴，小的不得知。一个男人如果连家都管理不好，还能干什么？千万不要像咱村香草她爹那样，在家一点儿地位也没有。

"一定要把媳妇领上正道，知感恩，懂孝顺。男人要当家，我指望着你和春芽十年以后能在村里过一份好日子，给全村人做个榜样，给青年人做个榜样。时间不早了，我也该回去了，一定要记住我的话，以后你有了媳妇，我也不能经常来你家说三道四的了，日子是自己过的。记住，不管遇到什么困难，明天的太阳照样出来。好啦，我也该回家啦。"

队长起身要往家走，转回头来看着二愣，心中说不出的高兴：这小子也总算有了盼头儿，我也少了一股子心事儿。从明天开始，有一个知冷知热的人在二愣身边，选对了老婆一生好生活。

二愣送走了队长，自己坐着发呆。明天就要走进家门的那位他心爱的姑娘，他该拿什么养活她？一晚上，他翻来覆去睡不着。

八

10月1日是中华人民共和国的生日，是全国为之欢腾、举国庆祝的日子。大队给四对新人举办集体婚礼。破四旧，立四新，勤俭节约，喜事新办，反对铺张浪费，这是上级党委的号召。全村男女老少，喜气洋洋，无比高兴，举行集体婚礼，在这里这是第一次。人们感到既新鲜又好奇，为喜事新办而欢欣鼓舞。

大队的喇叭里唱起了歌："今天是你的生日，我的中国，清晨我放飞一群白鸽，为你衔来一棵金色麦穗。鸽子在风风雨雨中飞过，我们祝福你的生日我的中国……"

村中的老人、长辈儿为这四对新人提前做了很多准备工作。人人都想为村中这么大的喜事儿出点儿力，都想搭把手，有的跑前跑后，帮忙搭建戏台。支部从县京剧团请来了京剧戏曲班，准备国庆节晚上为全村男女老少演出。

看着四对新人手拉手深情相望着，缓缓走上戏台，台下响起了雷鸣般的掌声。年轻小伙子们围着戏台跑，高兴得手舞足蹈。

新郎和新娘统一服装，新郎穿的是蓝色的中山服，新娘穿的是红色的花布衣服。男俊女俏映红了戏台。人们一次次地为他们鼓掌。

村支书两手举起示意大家静一静："今天是个好日子，我们村这四对新人，是中华人民共和国的同龄人。他们出生在新中国成立的那一年，是共和国的光辉陪着他们长大的。今年是20世纪70年代第一个国庆节，我们村为这四对新人举行集体婚礼，有特别的纪念意义。他们出生在新社会，长在红旗下，是中华人民共和国第一代红色的接班人。今天他们成双成对，珠联璧合，我们村为他们高兴，大家为他们高兴，父母兄弟姐妹为他们高兴，我们的新中国为他们高兴！

"我能站在这里，为四对新人的集体婚礼做主持，是我莫大的荣幸。这是我们这个小山村有史以来第一次举行集体婚礼。我们破除旧观念，树立社会主义新思想、新风范，勤俭节约，喜事新办，移风易俗，反对铺张浪费，为了这场集体婚礼，全村的父老乡亲做出了很大的贡献。我代表村支部，也代表四对新人，向全村父老乡亲深深地鞠躬感谢，感谢父老乡亲的深情厚爱。以后这样的婚礼要经常办，要办好。今天他们在这片黄土地上成双成对，结婚、生活、延续后代，他们将承载着建设社会主义的历史使命，在这片黄土地上，为建设社会主义国家做出更大的贡献。交公粮，交好粮，在这片黄土地上建设绿水青山的美好家园。他们的幸福生活从今天开始，我们大家用掌声为这四对新人祝福。下面婚礼开始，四对新人的父母上场，新人感谢父母的养育之恩……新人拜堂开始，一拜天地，二拜高堂，夫妻对拜，喝交杯酒……祝愿他们百年好合，早生贵子，送入洞房……

"另外，村支部为了答谢父老乡亲的深情厚谊，买了点心、饼干、喜糖，台下坐在前面的年轻人上台来把喜糖拿下去，分给大家，让全村人都能沾到今天这四对新人的喜气，祝愿我们的日子越过越红火。今天大喜的日子，村支部为大家从县城请来了戏班，希望大家今晚能早点儿来这个大院子里看戏。"

人们看着这四对新郎和新娘已经看花了眼,不知道哪一位最俊,哪一位最漂亮。大人、小孩儿都迈开了脚步,跟着新郎和新娘跑这家、走那家,看新郎的新房,看新娘的嫁妆,满街大人小孩儿都喜气洋洋地讨论着这件大喜事,同时也在学习新风俗。

好一朵美丽的茉莉花,花香芬芳满枝桠,栽在院子里生根发芽,人人见了人人夸。

按照当地的风俗习惯,新娘结婚这一天是不允许走出家门的。可是二愣为了还别人的被褥和衣服,只能领着春芽去大院子里看戏。

生产队队长看着二愣把春芽领走了,便急三火四地办理着他的借还手续。队长看着人们都去看戏了,紧张地从二愣家拿出来借的被褥,一家一家地还回去,并向好心人道谢。二愣感觉好像做贼一样,他感到无地自容,心中五味杂陈。

戏还没演完,二愣牵着心爱姑娘的手往家走,心中惶惶不安。他在想该怎样回答春芽的问话。

回到家里,二愣和春芽松开拉着的手,春芽来到二愣面前,双手抱着二愣的腰,头和脸紧紧地贴在二愣胸前,嘴里喊着:"二愣哥,二愣哥。"

二愣松开春芽紧抱着他的双手。

二愣心想:我多么希望和你一起做鸳鸯梦,可是有些话我必须得说。

春芽再一次抱住二愣，二愣双手抚摸着春芽的头发说："春芽我想跟你说说话。"

春芽说："有什么话，你说。"

春芽还是双手抱紧着二愣，头贴在二愣怀里。

二愣说："春芽，你看到了吗？家里变样儿了。"

春芽说："我看到了，不就是少了两床褥子、两床被子吗。二愣哥，有你就够了，只要有你，我们以后什么都会有的。"

春芽抬起头深情地望着二愣说："二愣哥，以后过日子不管大小事，犯难发愁的事，你都要跟我说，不要跟别人说，给别人增添麻烦。我不知道你为了褥子和被子这么犯难发愁。如果知道了，我就会给你做褥子、被子和新衣服。"

二愣接过话说："现在你知道了，跟着我过穷日子要有心理准备。"

春芽说："我准备好了，如果没准备好，就不会和你拜堂成亲了。以后过日子不要计较小的环节。我们是夫妻，夫妻同心，其力断金。"

二愣一颗惶惶不安的心慢慢地平静下来。二愣这时才敢把春芽紧紧地拥入怀中。二愣和春芽的幸福生活从今天正式开始了。

四对新人是共和国的同龄人。他们长在新中国的红旗下，又在同一天走进婚姻的殿堂。他们相知、相恋、相爱，开启了幸福的婚姻生活，各自扮演为人妻、为人夫的不同角色。

九

　　国庆节过后,天气逐渐凉爽,农民开始了秋收。在这个漫长的秋收季节,一边收拾庄稼,一边种小麦。

　　春天种子落地,生根发芽,夏天精心管理,得到了雨露的滋润,吸收着大地的养分和日月精华。到了秋天收花生的季节,花生长得籽粒饱满。剥开花生的外壳儿,花生米穿着粉红色的外衣,里面藏着白胖子——细嫩,甜美的花生米。农民的菜肚子被花生米馋得咕咕直叫。有一句赞美花生的谚语:"天打棚,地打锣,小巴老婆孩子多。"说明一粒花生种子到了秋天,能长出很多的花生果。花生是五谷杂粮中的上品。但花生再好,也不是主粮,而是五谷杂粮中的一滴油。它美味可口,但只是食品中的调味品。

　　吃完早饭,生产队队长第一个到了山上。他抽了一支旱烟,等人们都到齐以后开始布置生产任务。队长告诉大家说:"今天刨花生,男同志在前面刨,女同志在后面刨。挣十工分的刨四垄,挣八工分的刨三垄,女同志刨两垄,拉开距离,谁刨到头儿谁吃中午饭。

　　"刨花生一定要深刨,不要刨得太浅,刨浅了把花生都刨碎了。长了一年的花生,你把它刨碎了多可惜呀,所以大家一定要注意,干活儿要保证质量,还要保证数量。现在开始刨花生,每个人都把自己的花生垄刨好,不要漏刨。"

一年一度的收花生开始了,社员们个个摩拳擦掌。不知是被土里藏着的花生美味馋得来劲儿,还是农民休了三伏天身上憋着一股劲儿。刨花生镐头落地的声音铿锵有力,带着节奏感。大家都使出浑身的力气,以突飞猛进的速度,你追我赶。这时没有人说话,都是全神贯注的。可任何人的挑战都败在了生产队队长的镐头下。生产队队长刨到头儿召唤一声:"加油儿,刨到头的吃饭。"

这时,王国庆加快了速度,很快刨到了地头。他舍不得媳妇儿累,过去帮着春花刨。

王国强和王金枝好像谁也帮不了谁。两个人落在了刨花生队伍的后面。

二愣和春芽几乎同时刨完,干农活他们都是行家里手。

他们四对新结婚的只有王建国和香草不用受这风吹日晒。建国是大队会计,香草是代课教师,他们两个在室内工作。人们都羡慕王建国和香草,不用起早贪黑爬山过河地在黄土地里劳动。他们穿着干净的衣服,拥有白白嫩嫩的皮肤,人们都羡慕地称他们"吃长长米的"。每当春芽说起羡慕人家不用上山劳动,在室内工作时,二愣总是告诉春芽:"咱们这一代是没有希望啦,要在黄土地里战斗一辈子。咱们就好好培养孩子,供孩子上大学,让孩子走出黄土地。"

吃完中午饭,原地休息了一会儿,队长站起来跟大伙说:"下午我们全体开始抖花生。把花生上的土用双手抖掉,整理得干干净净的,然后捆结实。大伙儿一定要注意,掉在地上的花生一定要捡起来,放在篓子里。在地里用手再扒拉一遍,花生掉在土里多可惜,长了一年白长了,所以大伙儿要认真、仔细,轻拿、轻放,别把花生弄得满地都是,一个也不允许漏埋在地里。

"再说一遍吃花生的严重性,任何人都不能吃花生。上级传达了重要指示,开了三秋重要会议。花生出口能换回子弹,所以不吃花生是爱国。国家兴亡,匹夫有责,谁都不能吃。你们偷着吃也不行,我看见了,要罚你们的工分儿。"

二愣说:"队长,我们馋花生怎么办?"

队长说:"馋也不能开这个头儿。大伙儿你也吃,我也吃,就把生产队给吃穷了。咱们社员的菜肚子靠吃花生吃多少能吃饱,那不是无底洞吗?吃的花生皮扔得满地都是,我们还像不像干活的了?"

二愣说:"队长,那我连皮儿吃,行不行?"

队长嘿嘿笑了两声说:"那你连皮儿吃吧。"

二愣拿起一颗花生,擦了擦上面的土,放在嘴里咔嚓咔嚓嚼着吃,两边嘴角流出花生乳白色的营养液。

围观的社员馋得流口水,队长一看马上说:"连皮儿吃也只能吃一个,再也不能吃啦。二愣,你都娶媳妇儿了,怎么还这么调皮捣蛋?春芽,你得好好管管他。"

春芽打断了队长的话:"队长,我也馋花生。"

队长扭着屁股嘿嘿嘿地笑着转了一个圈儿说:"春芽,你有喜了吗?"

这句话引起了哄堂大笑。春芽害羞地低着头,满脸通红。

大伙儿立马都精神起来,得到了一个穷开心、瞎起哄的机会:"二愣,你晚上逛新城感觉怎么样?"

二愣回答:"不错,很好!"

大家你一句,我一句,把春芽搞得恨不得钻地缝里。

队长示意说:"大家都别再说春芽了,再说春芽该哭了。大家馋花生我能理解,可这不是哪一个人的事儿,生产队是个集体,大伙儿都要有集体荣誉感,不能因为我们个人的利益而破坏了生产队的规矩。我给大家讲个故事吧,就讲《封神演义》,好不好?"

有一个社员说:"队长你也不让我们说春芽,那只好听你说故事啦。"

队长一边讲故事,一边干活儿。特别是他说到苏护有一个漂亮女儿时,讲得有声有色,社员们都竖起耳朵,一边得瑟花生,一边听故事,不时搞个小动作,扒个花生吃,当然是偷着吃啦,花生皮偷着埋在土里。一年从春到秋,嘴里干巴巴的只有糠菜球和地瓜。自己种的花生,自己先尝尝鲜不为过吧?不知不觉西边的太阳落山了。社员们把刨好的花生装在车上推着送到场上。秋收场上有专门的管理人员,推到场上的五谷杂粮,他们都得保证晒干之后收好。

秋收第一天,白花花的大花生喜获丰收。农民的肚子里也有了底气。从今往后,收拾什么庄稼都可以沾点儿光,比如收拾玉米,一边儿干活儿,一边儿搞点青玉米充充饥。秋天,农民的日子好过多了。

在秋收的季节,从八月十五一直忙碌到九月底,田野上一片繁忙的景象。而有时,在种下豌豆的季节里,天空中还会飘着零星的小雪花,为这片繁忙的土地增添了一份别样的宁静与美丽。

秋收先收春花生,再收春玉米,然后收夏花生和夏玉米,最后刨地瓜。

地瓜产量高,可以解决农民的温饱问题,所以农民大面积栽地瓜。每到秋天刨地瓜的时候,姑娘们割地瓜蔓很费劲。地瓜蔓野蛮生长,拖枝拉蔓,地瓜蔓叶子下的根须扎在土里面很结实。

割地瓜蔓很费劲儿,特别是秋天被霜打了的地瓜蔓更不好割。早晨上山,抓一把地瓜蔓儿,手里好像握着冰块儿一样。姑娘们排成队,你连着我,我连着你,弓着腰,后退着走,把地瓜蔓卷成一个大卷儿,姑娘们喊"一、二、三",使劲儿将地瓜蔓拖出地瓜地,然后再把掉了的一点点清理干净。满山遍野的地瓜是姑娘们用青春年华和一年又一年在黄土地上的劳作换来的。

清理了地瓜地,男劳力开始刨地瓜,大家排成队,一人一垄往前刨。每当又大又圆的大地瓜露出地面时，农民总是咧着嘴嘿嘿地笑，汗水的付出，苍天给予了回报。男劳力刨好的地瓜，用小推子推到山坡上，晒成地瓜干儿，这就是农民一年的储备粮。

秋收颗粒归仓，寸草归垛。秋天早播种的小麦长势良好，绿油油的，晚播种的还在土里埋着，没露出地面儿，生产队的活计有点邋遢。

秋收结束后，生产队总是把地边和山上的草割得干干净净。割下来的草，准备给大牲畜当草料过冬吃。

天气已经变冷，社员们都在山上割草。这时，队长召唤一声："不好，天要下大雨。你们快看，龙在水库吊龙。"队长总是对任何事物先知先觉，人们顺着队长指的方向看。上通天，下通地，黑压压的一片，周边往天上泛着白花花的水花。不一会儿，大雨倾盆而下。在山上割草的社员被大雨浇成了落汤鸡，衣服全都湿透了。秋天的雨特别凉，下完雨小北风一吹，个个都冻得上下牙打架。队长告诉大家："使劲儿干活儿就不冷啦，衣服一会儿就干了。"

第二辑　乡土人情

一

冬天是农民最好过的日子，粮食颗粒归仓，寸草归垛。茫茫的大雪铺盖着整个大地，农民在家里过起老婆孩子热炕头儿的小日子。

冬天就是农民全年的休假日，女人在家纺线、织布、做针线活儿，给家人和孩子们用自己织的粗棉布缝着过年穿的新衣服；男人在家里搓草绳、织草包、打麻坯，准备明年生产劳动用的工具。

一年四季更替，"打春"便是一个轮回的开始。天气开始逐步变暖，年关来临。女人们在家忙碌着准备过新年。农民吃的食物都是靠自己的劳动得来的，庄稼人不得闲，大人和小孩儿都忙着。

那时候的农民只有过年才能吃到白馒头。每年生产队分的小麦都留着娶媳妇、嫁姑娘、看喜事和小孩赶生日等红白喜事用。农民一日三餐只有糠菜球和地瓜干做主食。每到过年，大人和孩子们都很高兴，因为有新衣服穿，有好饭吃。

社员们把秋天收回家的地瓜推一部分到生产队做地瓜粉条，剩下的下脚料生产队再做成酸粉冻。家家户户将地瓜干推到生产队，按比例兑换酸粉冻，回家凉拌着吃。比起常年吃糠菜球，能吃上一次酸粉冻真的是很美味，酸酸甜甜，一大家子人围坐在桌子前，大人嘴里总是念叨："使劲儿吃，今天管你们吃饱。"大人咧着嘴笑，脸上笑开了花儿，自己劳动得来的美食，全家老老少少，美美地吃上一顿，回味无穷。

农民种庄稼丰收后，好的交公粮，剩下的自己吃。每年生产队的劳动日到了秋后算账，一个劳动日价值几角钱，有的生产队甚至只给几分钱，所以农民并没有多少收入。谁家挣工资谁家的生活质量就高。

腊月，农民用丰收的五谷杂粮做起了腊八粥。架上柴火，在大铁锅里熬那香喷喷的腊八粥，成为山间烟火永远无法代替的人间美食。

腊月就是农民的美食节，家家户户的女主人张罗着做豆腐吃。称十斤黄豆洗干净，泡在水里，大豆泡好后，第二天早晨起来吃完早饭，就开始做豆腐了。泡好的大豆用人工推磨，磨成豆粕放在缸里。用大铁锅烧一锅开水，把开水倒在豆粕缸里，用棍子来回搅动。架起吊包，用水瓢把豆粕倒在吊包里。人工挤压，将豆渣挤出后，豆浆放在大锅里烧开。烧开的豆浆倒在水缸里，用上盐水，等两个小时后豆浆就变成了豆腐脑。清香爽口，美味飘香，先盛一碗给家里的老人，剩下的倒在筐子里用包袱盖好，压上大石头，等到第二天早晨，豆腐就做好了。

地瓜粉条准备好了，豆腐也做好了，女人精打细算，做萝卜丝儿菜，几个人几块儿豆腐，一人一块儿，多出来的几块豆腐留给家里的老人。再加上少量的粉条，一大家子人围坐在桌子前一起吃，真的很幸福。有时大一点的姐姐看着弟弟狼吞虎咽吃得很香的样子，自己不舍得吃，把豆腐和粉条夹给弟弟吃。老人看着正在长身体的孩子，自己也不舍得吃，给孩子们吃。生活虽然清贫，但是人与人之间是浓浓的人情味。

向水借年。有水就有鱼，农民找到有水的地方，在冰上打上窟窿，两米一个窟窿，两米一个窟窿。他们很有智慧地用竹竿儿把绳子穿在冰下，再把渔网系在绳子上，拉进水里。放上一晚上，等到第二天早晨起来把渔网拉出来，里面金光闪闪，好多活蹦乱跳的大鱼，有鲢鱼、草鱼、红鲤鱼，过新年山间烟火中又增添了鱼的美味儿。

农民的新年不单纯是穿新衣服、吃好饭。他们身上穿的新衣服都是妈妈纺线织布、一针一线缝出来的。豆腐和粉条儿是黄土地供养得来的。鱼是向水借来的。他们的勤劳和善良换来了尊老爱幼，家庭幸福美满。

大年三十晚上，家家户户把桌子摆在院子里，把所有的供品都摆放在桌子上。家里的男主人开始举行发纸仪式，点香磕头，跪拜天地，祈求上天来年保佑黄土地，五谷丰登，风调雨顺，家家幸福安康。

到了子时下饺子吃。当一家人都在吃饺子时，家里的女主人用一个小盆子端着饺子水，洒向院子的各个角落。老人们说："三十晚上发纸的饺子水，可以祛灾辟邪，洒到哪里，哪里就可以得到平安吉祥。"

正月初一早上,红彤彤的太阳从东方地平线上升起。预示着一年的好兆头。从大年初一到初十,每一天天气的好坏都管着一个物种的好与坏。一鸡,二狗,三猪,四羊,五马,六牛,七人,八谷,九子,十成,这也是古人留下的传说。

大年初一的早饭比较丰盛,鱼、肉、鸡、鸭、年糕、饺子、豆腐、大枣饽饽,还有五谷杂粮做的美食,应有尽有。这也是一年中最丰盛的一顿早餐。大人们告诉孩子们赶快吃,吃饱了出去拜年。

吃完早饭,穿上新衣服,兄弟姐妹手拉手一起出门,去给家里的长辈拜年。农村小路很窄,拜年的路上很拥挤。各家各户出来拜年,就是五六个孩子。大的领着小的,到了谁家就是满满一屋子。这群孩子齐声问过年好,老人们高兴得哈哈大笑,把炕上准备好的零食,有花生、大豆、糖,抓给孩子们吃,你一把,我一把,孩子们高兴得不得了,新年老少同乐。孩子在这家拜完年转身就走到另一家去。

初一这一天,全村和家里的长辈都要走一遍。拜年腿走得很累,但孩子们收获的是满满的幸福和爱。男孩子们总是找准时间多放几个鞭炮。女孩儿吓得捂着耳朵到处跑。此情此景,成为山间烟火中最经典的画面。

中年人拜年,是一个人或是夫妻二人,为的是不管到谁家都能多坐一会儿,拉拉家常,赞美儿女,说说外面的世界。爱看书的人可以在一起谈三国、论水浒,坐在炕头儿上,敞开胸怀,无拘无束地交谈。

大年初一,老人得到了尊敬,中年人得到了畅谈和快乐,儿童跑跑颠颠,穿上新衣服到各户拜年得到了很多美食。家中女主人的辛勤付出,收获的是满满的爱和家和万事兴。

大年初二,出嫁的闺女回娘家看父母。春芽的父亲早已在门外等候着女儿和女婿的到来。等到春芽和二愣走到眼前时,憨厚和蔼的老人高兴得合不拢嘴,赶紧把女儿和女婿领进家门儿,叫一声:"孩他妈,赶快准备下酒菜,今天中午我和二愣多喝几盅。"丈母娘看到女儿和女婿回来,也是满心欢喜。

农村的婆娘就是会过日子,初一没舍得多做几样菜,好菜都留到初二女儿和女婿回来吃。

二愣从背包里拿出了两瓶老白干儿。

老丈人一看忙说:"花那钱干什么?以后再来这里什么也不用买,我这里什么都有。"

老汉忙从柜子里拿出来一瓶老白干儿,告诉二愣:"这是好几年以前我藏的一瓶酒,就等着春芽到找对象,我和女婿喝两盅。"

二愣此时感到了家的温暖。眼前坐着的老人给了他一直在寻找的父爱。二愣不知怎样感恩这位老人,养得这么好的一个女儿,给自己做媳妇儿,又把自己当作亲儿子一样对待。二愣感到一股暖流冲到头顶,在心里对自己说:"此生一定要善待这位老人,他就是我的老父亲。"

春芽看母亲在忙着做饭,忙把炕上的饭桌摆好,和母亲一起做饭菜。看着香喷喷的饭菜,春芽迫不及待地拿了一块放在嘴里。

春芽母亲告诉春芽:"家里的长辈不动筷子,晚辈是不许吃的。"

春芽说:"妈,我馋。"

春芽母亲说:"你馋也要等着长辈先吃。"

春芽说:"妈,怎么这么多的规矩?"

春芽母亲说:"这是我们祖祖辈辈留下的规矩,到了我们这里不能破了这规矩。"

做好的饭菜由春芽往桌子上送,满满的一大桌子菜。

翁婿深情对饮,酒过三巡,老丈人说:"来来来,我们多喝几盅,过过瘾。"

二愣说:"爹,今天咱就不喝了,喝多了会伤身体的。我明天还来陪着你喝酒。"

老丈人说:"好,你说话可得算数啊!每天来陪着我喝酒,今天的酒不够,你还得喝。"

春芽两手端着炒好的菜放在桌子上。用她爱的金手指点了一下二愣的头。这一幕被春芽的母亲看到了,叫了一声:"春芽,你来。"

春芽来到母亲跟前,母亲用和蔼的口气问春芽:"春芽,你刚才用手指点二愣的头了?"

春芽点点头。

母亲说:"男人的头在家里是龙头,你不能有事无事地去点他的头,家里的龙头仰着,才能龙腾凤舞。以后再不许点他的头了。要记住不站人前,走人后,女人不站人前是修养,走人后是教养。女人不要有事无事地就跑到哪儿去嘚瑟。在众人面前不给男人留面子的女人,你看有几个过好日子的?不管走到哪里,要知书达理,文雅高贵。别叫人家说你母亲不会教育孩子。"

春芽听了母亲说的话呆了一下,如果不是母亲告诉她,也许这个动作她每天都会做。

她在心里告诉自己:"过日子原来有这么大学问,看来我要每天都回家跟母亲说说话,学着过日子。"

二

正月初二,建国和香草也一起回了娘家。走进院子里香草遇见了母亲,母亲忙把闺女和女婿领回家坐在炕上,而香草父亲一句话也没有。香草和母亲坐了一会儿,母女俩就去做饭了。

家里经常听到香草母亲尖锐的声音,而家里的男人似乎连喘气的声音都没有。在这种气氛中,建国也不敢多说话。饭菜做好了,一家人围着桌子吃了一顿饭,然后香草和建国起身要回家。香草爱挑理的母亲偷着数落着女儿:"找那么个木桩子女婿,来了一句话也不说。"香草只是笑笑。

民兵连连长王国庆和他的爱妻王春花正月初二也回娘家。他们小两口是鸳鸯成双对,是蝴蝶翩翩飞,一路有说有笑,叫人看了好生羡慕。正在门口等着迎女儿和女婿的两位老人,喜笑颜开地把女儿和女婿领进家。

老丈人忙脱鞋上炕,拉起女婿的手往炕上拖,说:"快上炕坐着,往里一点,今天咱们爷俩好好喝两盅。"

有人说丈母娘看女婿越看越中意,这老丈人看女婿也是越看越喜欢。

春花和母亲在做饭。春花拿出来了一盘红烧肉,母亲一看惊呆啦,说:"这是从哪里来的?这可是好东西,除了结婚办喜事儿,谁还能看见这好东西?"

春花告诉母亲说:"这是我婆婆给的。"

春花的母亲一愣,问女儿:"她从哪里弄来的?"

春花告诉母亲是别人给婆婆的。

母亲耐心地对春花讲:"以后你婆婆再有这样稀罕的东西给你,你可别要。他们年纪大了,任何东西对于他们来说都是来之不易的。你们年纪轻轻的,身强力壮,什么都可以用自己的劳动得到。对于有些好东西,有些稀罕的东西,只有你们孝敬他们,没有你们伸手接的道理。这不单纯是你和你婆婆的事,邻居和亲戚也是一样。别人给你一碗,你要回敬别人一瓢。咱不欠别人的,不管白天和黑夜,咱走路清清亮亮的。礼尚往来是人之常情。只有人气旺、财气旺,家庭才兴旺。

"家里有烟火,就是祖祖辈辈过日子的开始。遇到谁家有难处能帮一把就帮一把。帮别人就是在帮自己,千万不要你在前面走,后面的人对你指指点点,戳脊梁骨,说三道四。邻居之间大度一点儿。人生没有白付出,也没有白走的路,每一步都算数。你做的好事儿,都会回报在你和你的子孙后代身上。"

老丈人坐不住了,说:"你们娘俩在那儿说什么呢?菜还没好吗?"

春花连声说:"好啦,好啦!"春花赶忙往桌上送菜,老丈人和女婿对饮几盅。

春花的父亲说:"你们两个上来一起吃吧。"

两位老人坐在炕上,和颜悦色地看着女儿和女婿。天上掉下个金龟婿,女儿喜欢,他们也满意。

国强和金枝初二也回娘家。当他们走在大街上时,没人不羡慕这一对长得好看。可是到了丈母娘家里,却没人欣赏他们的美丽。

金枝的母亲共有五个子女,三个儿子,两个姑娘。金枝的母亲长得漂亮,孩子们也都长得非常漂亮。金枝的大哥非常英俊,一米八的大高个子,可是至今不娶。金枝的母亲在家什么活儿也不干,天天剪窗花。家里有什么好吃的,有什么好穿的,都用在母亲身上。家里没有生活的激情,全家人对待生活都持消极的态度。

国强和金枝初二走了一趟娘家,国强对人生也产生了消极情绪,对待生活的激情失去了一半儿,心想:看来媳妇儿俊真的不能当饭吃,自己讨来的俊媳妇儿,不是同甘共苦的伴侣,而是像花瓶一样,得供着。

这几对夫妇回娘家后,各有不同的感受。不同的基因遗传,不同的家风家教,不同的丈母娘,不同的老岳父,不同的家庭氛围,对他们以后的生活起着什么样的作用?

年过啦,亲戚串门儿也走遍了。新的一年又开始啦,剩下的时间全都交给黄土地。

公社召开三级干部大会,传达上级党委农业学大寨的指示精神,要把穷山沟变成万亩良田。改天换地,敢教日月换新天。声势浩大的整大寨田运动开始了,任何人都不能抗拒。

晚上,生产队散会后,队长摸着黑来到村支书家,从门缝往里看有光,说明家里的人没睡,高兴之余敲了两下门。村支书开门一看是生产队队长,赶忙拉着手往家领。

生产队队长不好意思地说:"这么晚了来打扰你,影响你睡觉了。"

村支书说:"哪里,哪里,才几点,睡觉早着呢。你有什么事?"

队长说:"我在想一件事,不知想得对不对,白天没有时间,所以晚上来你家说说。"

村支书说:"你有什么事直说。"

队长说:"那我就直说了。今天公社开会说整大寨田的事,我觉得把小块地变成大块，这是百年大计，是造福子孙后代的事，功德无量。我们一定要积极响应上级的号召，努力把这件事做好。

"另外，还有一件事，关于我们穷山沟贫穷落后怎么办的问题，我不知道我想得对不对，所以来找你一起商量商量。"

村支书说："队长，你怎么想的就怎么说。"

队长迫不及待地说："那我可就直说了。我们村贫穷落后，这是全公社都知道的。我们能不能找公社党委书记，要个工业项目。俗话说'会哭的孩子有奶喝'，我们不去找、不去要，谁会知道我们饿、我们穷。我们要学会两条腿走路，一手抓农业学大寨，一手把社员的生活质量搞上去。不知道我说得对不对。"

村支书认真思考了一会儿，笑着回答："你说得很有道理，你就是我们村的诸葛亮。你让我认真想一想。我看这样吧，明天我就到公社找党委书记，看看他们能不能帮帮我们，这事儿不能着急，得慢慢儿来，你等着我的信儿。"

生产队队长和村支书谈起了生产队农业学大寨的问题，村中青年婚姻、恋爱、婆媳、邻居、村风、民俗等，无话不谈。这掏心掏肺的谈话让村支书和队长都感到很畅快，有如此的互助关系，穷山沟一定能走向富裕的道路。

告别了村支书，生产队队长回到家里，晚上翻来覆去地睡不着觉。从村东头到村西头，从这家进去，又从那家出来。哪一家都是五六个孩子，吃不饱穿不暖的日子什么时候是个头。得改变想法，领着社员们走向富裕的道路，让家家都能过上好日子，这才是我们共产党员的责任。

又是一个夜晚，村支书迈着他那大长腿，走在高低不平的路上，来到了生产队队长家。生产队队长是一个中等身材的男人，身上没有一丝肥肉，干巴巴的小瘦人。一年四季黑不溜秋，身上除了骨头就是筋，被太阳烤焦了的黑色皮肤里装着一颗善良的心。再就是他真能干活，十分有力气。

生产队队长看到村支书来到自己的家里，咧开了大嘴，大笑着说："你这么大的干部，到我家来，我家的好运来了。"

村支书说："如果我真的能给你带来好运，那以后我肯定天天来。"

村支书接着告诉生产队队长："我这几天呀，天天跑公社找党委书记。公社党委书记也发愁，如果给我们个工业项目吧，我们村子小，还干不了。最主要的是工业项目需要投资，我们村儿穷得叮当响，我们上哪里去找钱投资呢？公社研究决定，准备在我们村儿搞个药材种植试验基地。中药材的需求量特别大，是一个很好的项目。这个也不用投资多少钱，只需要有买药材种子的钱，这个项目如果试验成功了，我们社员的生活能好过一些呀。"

队长听后跳着高、拍着手，笑着说："这一下可是有奔头了，村支书来我家真是带来了好运！"

生产队队长高兴得又是一晚上没睡着觉。

药材试验基地开始了准备工作，从选地、买种子，到买化肥、使用土粪，队长都亲自把关。队长是在种药材，也是在为社员们种幸福。

队长天天对着黄土地，看着种药材的书。用蚂蚁啃骨头的精神，全心全意关注着药材的生长。中药材的品种很多，有丹参、党参、甘草、金银花、红花、黄芪、天麻……每种药材，都要了解它的习性、药用价值、生长环境和干湿度。队长实在是无力顾及生产队的其他事务。

为了中药材试验成功，他与村支书协商，辞去了生产队队长的职务。生产队队长由民兵连连长王国庆来担任。民兵连连长由团支部书记王建军担任。

生产队队长卸下了生产的重担，一心一意潜心研究中药材种植。

王国庆也是熟门熟路的庄稼汉子。家有贤妻夫不愁，而且有一个老庄稼人老岳父的帮扶，胜券在握。

担任团支部书记的王建军升任民兵连连长。他风华正茂、年轻有为、才华横溢。

村党支部书记对新一届村干部感到十分满意。

三

老队长开始了他"草药王"的使命，一天到晚除了吃饭、睡觉,剩下的时间全部在中药基地里。他废寝忘食地研究着中草药的种植。

功夫不负有心人,种下的药材种子都出土了,绿油油的草药苗儿又全又旺。老队长高兴得见了社员就讲种中草药的辛酸经历和成功的幸福感。

公社党委也很有成就感,觉得当时把种植中草药实验基地安排给老队长来做是正确的选择。公社党委带着全公社大队书记和每个村的技术员,到草药谷参观学习种植中草药的技术,全面推广,为农民造福。

种草药能挣钱,二愣的心里痒痒的,天天黏着老队长,想在自己的自留地里少种一点儿草药。可在当时,这是违背上级政策的。走集体化道路,不允许个人搞资本主义。但二愣天天赖着老队长,想跟着他学技术。

老队长告诉他说:"这个不行,你个人不能种。"

二愣却不信,买了草药种子,种在了自家的自留地里。二愣的药材苗儿长得绿油油的。二愣把它们当作宝贝,像财神爷一样伺候着。早晨起来去自留地里看看,晚上放工回家也要去忙上一阵子,指望着秋天能靠它们挣个零花钱。

公社开会传达上级指示精神,要求大家走集体化道路,各大队回家都要认真检查,谁要做小买卖、种植经济作物,就要全部铲除。

村支书领着治安队队长全村检查。二愣的药材苗被检查出来了，由治安队队长全部铲除了。二愣心疼得好几个晚上睡不着觉。

"塞翁失马，焉知非福。"二愣的儿子降生了。娇儿的出生冲淡了二愣生活中一切不愉快的事情。这才是真正的宝贝。二愣对未来的生活充满了希望。

他们一起结婚的四对，都先后生了儿子。四个男孩的降生，给这个村子带来了喜庆。人间烟火有了继承人，是一件多么值得骄傲的事儿。

儿子的出生给每个家庭带来了很多欢乐，也给每个新家庭带来了很多从未遇到的问题。吃喝拉撒，哪一点照顾不周娃娃就会哇哇大哭。白天还好说，特别是晚上，点着小火油灯，孩子哇哇地哭，春芽莫名其妙地对二愣发脾气。生活突然发生了改变，多了一口人，感情也像天气一样时好时坏，让二愣感到莫名其妙，实在是吃不消，耷拉着脑袋走向丈母娘家，想找地方诉诉苦。

二愣的丈母娘和老丈人听了二愣的诉苦，光笑不说话。看到二愣唉声叹气不说话，老丈人憨厚地笑着说："看来这新爸爸的角色不好演。"

丈母娘笑完了也开口说话："这样，二愣，你把春芽娘俩给我送回来，你也跟着来，在我家住着，我教给你们怎样带孩子。等到你们都适应了做新爸爸、新妈妈的角色，会带孩子了，小家伙一天天长大可当意了，你们会天天偷着乐。"

二愣抱着孩子领着春芽回了娘家。春芽的母亲接过孩子说:"让姥姥抱抱你,哦,长得这么漂亮,这么当意呀,长大了是个俊青年。春芽呀,听二愣说你在家里经常发脾气。"

春芽不好意思地说:"我也不知道我是怎么了,孩子一哭我心里就烦。"

春芽母亲说:"春芽,你要不找医生开些草药,调理调理身体。如果是觉得给男人生了儿子,自己的身价提高了,在家里就可以大呼小叫了,那你可要认真想一想自己的所作所为。人不怕别人惯你,就怕自己惯自己。在家张口就骂、举手就打,把自己变成个疯婆子。你以为妈是那么容易当的吗?女人没有孩子,一个人怎样都好说。当你有了孩子之后,只有小心翼翼摸着石头过河。你天天守着孩子,你笑,孩子也会笑。你天天发脾气,把怒气都发到了孩子身上,孩子也会跟着你学那个怪型,也会发脾气。你自己好好想一想,应该当一个什么样的母亲。"

母亲的话深深打动了春芽。春芽在发呆,在反思自己:我的问题究竟出在哪里?

家家都有一本难念的经。建国和香草面临着同样的问题。香草自从生了孩子就像变了个人一样,情绪烦躁不安,很少照顾孩子,建国管孩子香草又挑理儿,搞得建国很无奈。顾了大人就顾不了小孩,又没有人能帮他,看着儿子当意的小模样,建国心里有时还会偷着乐。

国庆和春花的孩子满月了回娘家，可把两位老人乐坏了。女儿领回来一个女婿，现在又多了一个小宝贝。国庆的老岳父张罗着赶集买鱼、蛋、鸡给女儿吃。

母亲坐在炕上和女儿说起了悄悄话："孩子闹不闹？"

春花回母亲的话："还可以，不太闹人，就是晚上爱哭。孩子一哭，黑灯瞎火的，心里好烦。"

母亲说："小孩儿一般都是晚上爱哭。因为孩子小，不懂白天和黑夜，慢慢长大了适应了就好了。听说咱们村要安电灯了，等安上电灯，晚上家里亮堂堂的，大人和小孩儿都会感觉很好的。说着话忘记做饭了，我下去煲鸡汤给你喝。忘记问你了，奶水够不够？大人吃饭不要挑食，五谷杂粮都吃。奶水里的营养全，孩子才会健康。"

这时春花的父亲赶集回来，召唤老伴儿："快下来做饭，孩子们都饿了。"

国强和金枝虽然生活很贫穷，但金枝脾气好，不找事，不挑理儿，也不乱发脾气。金枝奶水足，吃饱了娘俩就躺着睡觉。剩下的事由国强操持着，谁也指望不上。

大家纷纷传言村里即将安装电灯，这可把山区里的老百姓高兴坏了。社员们都盼着电灯能早日安装完成。

大队的门前装了一根朝天的大杆，人们不知道这是干什么的，好奇的村民都跑去围观。

安装的工人师傅顺着杆儿爬到了顶上，安上了两个大喇叭。然后，师傅认真地整理电线，安装好之后，工人师傅教给村支书怎么在大喇叭里说话。

村支书感到很好奇、很新鲜，美得嘿嘿嘿直笑。

工人师傅告诉村支书："这个开关打开，你就不能在这里随便说话、随便笑了。你随便说话、随便笑，高音喇叭就把你说话和大笑放到了外面，全村人都能听见你在大笑。你要说什么话，现在先把它写在纸上照着读，以后熟了就不用啦。"

村支书说："那我现在就写呀，全村社员请注意，明天我们村开始安电灯，希望各家各户提前做好准备工作，电灯安在哪里提前计划好，别等到给你家安装时你手忙脚乱，希望大家都提前做好准备工作。"

大队的高音喇叭安装好了以后很方便。民兵开会再也不用全村吹哨子了，在喇叭上播送个通知就行了。电灯也安好了，晚上屋里亮堂堂的，娃娃们晚上也不哭了。把二愣美得抱着儿子在地上一边转圈圈一边说："儿子，晚上家里亮堂堂的，你也不哭了，爸爸也不用受气了。"

农村在大变样儿，人们的生活质量提高了。社员们也感到这日子过得挺舒心的，有奔头儿，就像那首歌里唱的："社会主义好，社会主义好，社会主义国家人民地位高……"

公社召开会议，传达党中央关于知识青年上山下乡，接受贫下中农再教育的动员大会。开完会，村支书迈着沉重的脚步往回走。会上说得很清楚，这是历史的使命，是农民肩负的社会责任。村支书喘了一口粗气,什么工作都能做,就是从城里弄一群孩子回来管理,这是怎么个管理法?城乡差别,生活习惯不一样,手无缚鸡之力的孩子们该怎样适应农村生活?这太难了。我们该怎样完成党中央交给我们农民的这项任务?想一想都头皮发麻。

村支书回村后召开了支部委员、生产队队长、团支部书记和民兵连连长的扩大干部会。要求人人为完成上级交给的任务,为管理好这一群孩子出谋划策。

支部要求全村人做好准备,迎接知识青年上山下乡。生产队也要召开动员大会,新上任的生产队队长王国庆面对着知识青年上山下乡动员大会,不知该怎样主持,无奈地跑去找老队长来主持这场动员大会。

老队长语重心长地对社员们说:"国庆找我来主持这场迎接知识青年上山下乡的动员大会,我说什么?我自己也不知道我该说什么。你说,送一群孩子来,让咱贫下中农教育,我们农民能说出个什么道理来吗?还是能教给孩子们什么技术?孩子们生活在城里,现在要离开母亲来到我们这儿,我们贫下中农能为孩子们做点什么,我们都想一想这个问题。孩子们换了一个新环境,在远方的父母在牵挂,由我们代替他们来照顾孩子,我们一定要做好这件事。多给孩子们一点儿爱心。不管谁家里做什么好饭都省一口,留点儿给知识青年,把他们请到家里,热热闹闹地吃顿饭,也算是我们尽地主之谊吧。

"国家把这些孩子交给黄土地,交给咱们贫下中农,咱们贫下中农一定要为国家,为他们的父母照顾好这些孩子,一定不能让他们出事儿。保证完成上级交给我们的任务,等着将来还给国家一个栋梁之材,还给孩子的母亲完好无损的好孩子。这就是咱们需要做的事。"

老师是人类灵魂的工程师,需要有强大的内心,才能做好这个职业。天天和孩子们在一起,你都不知道孩子们能给你出个什么难题。有一名同学买了一支新钢笔。另一名同学看着好,特别喜欢,就要起了小心眼儿,借用一下那支新钢笔,这一借便一去不复返了。双方为一支钢笔找到老师,香草老师没有以稳定团结的方式来处理此事,而是看谁有理、谁没有理,结果双方的家长参与进来,得理的不让人,无理的搅三分,搞得学校乌烟瘴气。香草也是经常给校长出这样的难题,校长没法处理这个问题。经过学校领导研究决定,只能是停止香草代课老师的职务。

香草本来就是爱说理、爱挑理的人,争强好胜,失去了这样一个大讲台,她有些不知所措。失去了教师的职位,她失去了方向。她心中没底,没有了目标,在街上漫无目的地走着,不知不觉走到了国庆家门前,停了一会儿走进去,叫了一声"春花姐"。

国庆媳妇儿春花,农闲时不用上山劳动,而是在家绣花。有二愣媳妇儿春芽,还有国强媳妇儿金枝,三个人用一盘大绷子在一起绣花。

春花听见声音,抬头一看:"哦,是香草妹子,你怎么有时间到我家里来呢?快上炕坐着,真是稀客。"

春花忙拉着香草的手往炕上请。香草说:"春花姐,我想来你这里跟着你学绣花。你收不收我这个徒弟?"

春花说:"香草妹子,我们都羡慕你,当教师风吹不着,太阳也晒不着。像我们不识个字,没事儿才绣花儿,你哪稀罕干这个嘛。"

香草诚恳地说:"春花姐,我真的想跟你学绣花。"

春花愣了一会儿,瞪大眼睛问:"你不教课啦?"

香草点点头。

春花问:"为什么?"

二愣的媳妇儿背着香草冲着春花直摇头,想告诉春花不要和香草在一起绣花。春花一看这问题大了,也很复杂。

春花回香草的话:"你真想跟我们学绣花吗?我们商量商量,过两天再回你的话,好吗?"

香草走后,春花问他们两个:"你们两个什么意思?"

春芽说:"我不同意她来我们这儿绣花儿,她那个人太有本事了,是非太多。本来就三个女人一台戏,我们三个在一起还算合得来。如果把她加进来,那我们不是引火烧身吗?我不同意。"

金枝说:"我也不同意。她那个人为人处世阴险狡猾,守着她太可怕了。"

春花说:"我也不太愿意。可是现在她有难处,求到咱们门儿上来啦,我们能说出口吗?我很为难。"

带着这个解决不了的问题,春花回到了娘家,想从母亲那里得到解决的办法。

春花的母亲说:"春花,说实话,妈也不想让你收留她。可是她现在被学校开除了,在走投无路的情况下,求到了我们门前。她真的是有难处,如果我们不收留她,往后我们会后悔的。要不这样吧,春花,先暂时收留她,善待她,认真教她学绣花,帮她渡过这个坎儿。以后再走着看吧,如果以后实在不行,再想别的办法。"

四

老队长还是管理着他的草药谷。每天起早贪黑地拔草、打药,细心地观察着草药的变化。

村支书迈着他那两条大长腿,急急忙忙地走到老队长面前。老队长抬头一看,说:"哎呀,村支书来啦,总算是有个人来跟我说说话了。你怎么有时间跑到这里来啦?听说城里的娃娃们要来上山下乡接受贫下中农再教育,你在忙着做准备工作。"

村支书愁容满面地说:"是啊,老队长,我就是为这事儿来找你的。"

老队长朗声回村支书的话说:"找我干什么?娃娃们上山下乡,找他妈去。"

村支书问:"娃娃们的妈在千里之外,怎么找?"

老队长说:"那你就近给他们找个妈,男人做不了的事儿,找女人做,女人心细、耐心,又会照顾人。男人不行,遇到麻烦事只会火冒三丈、火上浇油。"

村支书说:"我懂了,老队长,那你看我们村儿哪个女人能担此重任?"

老队长说:"我看国庆的丈母娘和二愣的丈母娘,这两个女人能行。其实照顾知识青年那点儿活儿,一个人就干了,但面对孩子们的问题很复杂、很多,所以叫她们两个有个伴儿好商量,也就是大队多拿出几个工分的事儿。"

村支书站在老队长面前,右手举起,食指往下一点说:"点石成金,听君一席话,胜读十年书。我的问题解决啦。"

他说完拔腿就走。

老队长在后面说:"别走,别走,陪我说说话儿。"

村支书迈着他那大长腿边走边说:"我忙着呢,等我忙完了再来陪你说话儿。"

大队支部为知识青年的到来举行了隆重的欢迎仪式,组织全村男女老少在村西头公路上欢迎知识青年的到来。红旗招展,锣鼓喧天,迎来了一辆红旗牌的大卡车。卡车缓缓开进了欢迎的人群,卡车上站着一群身穿绿色军装的青年。他们背着印有"为人民服务"的绿色书包，手里拿着短把儿铁锨，铁锨上系着大红花。

卡车停下来，知识青年们被农民用双手扶下车，他们好像软软地不会走路。可能是走惯了城里的大马路，农村的土路高低不平，有的知识青年一下车就差点儿摔倒了。知识青年接受贫下中农的再教育从今天开始。

山沟里的农民习惯了面朝黄土背朝天的日子。他们每天以乐观的心态从劳作与生活中发现快乐，从黄土地里寻找乐趣。然而，自从城里来的知识青年们踏上这片土地，农民们原本安逸、乐观的心态开始发生了变化。全村人都为这群年轻人感到担忧和牵挂，甚至在夜里也常常因为他们而辗转反侧，难以入睡。

儿行千里母担忧，社员们经常在一起说："这些孩子到了咱们这里就是咱农民的孩子。农民纯朴善良的心，时时关注着这一群孩子的情绪变化，他们的喜怒哀乐都在为黄土地唱着一曲特殊年代最美的歌。

这群十六七岁的孩子，不怕他们搞不团结、打架，就怕他们少年无知，离开父母孤独无助，无依无靠，走错了路，迷失了方向，毁了自己的一生，太多的害怕牵动着贫下中农的心。

村支书特别嘱咐两位妈妈，认真观察每一个知识青年的生活起居和情绪变化。

两位妈妈释放着母爱的善良，用浓浓的人情味温暖着远离父母、孤独无助的孩子们的心。

到了生产队劳动,生产队队长指定专人领着知青劳动。名义上是领着劳动,实际上是保护知青的安全。

夏天,太阳烤得大地火辣辣的,农民都有点儿受不了,看着这些知青,大家真的很心疼他们。

农民的孩子也在山上劳动,农民不心疼自己的孩子,因为他们都已经习惯了这种生活环境。

日复一日,年复一年,知青在漫长的岁月里跟着农民学着种庄稼。

春,迎来满山遍野的花海。夏,经受着雷雨、狂风。秋,迎来了丰收的果实。冬,改天换地整大寨田。随着季节的变换,他们经风雨、见世面,广阔天地,大有作为。知识青年与农民长时间在一起,农民纯朴善良、坚韧不拔的性格,耳濡目染影响着他们。太阳晒黑了知青的皮肤,贫下中农的再教育,给了知青一颗金子般的、无私奉献的心。

他们在阳光下,在风雨中,在茫茫的大雪里,个个都变成了钢筋铁骨。

知青开始返城,全村人为他们送行。知青带着贫下中农的嘱咐,带着浓浓的乡土人情,带着爱,离开了这片黄土地。人人都为他们感到高兴。

知青返城的日子很漫长,有的下乡两三年就回去了,而有的则等待了近十年漫长的岁月。每次有返城的知青,对不走的知青都是一次煎熬。走的带着梦想，离开了黄土地，像鸿雁展翅高飞。没有返城的知青无限忧愁。面对知青们渴望、焦虑、消沉的情绪，农民们多方面开导、想办法，分散他们的注意力，帮助他们排忧解难。

剩下最后一两个知青时，农民们天天关注着他们的情绪，他们有时喝酒，有时哭，对人生丧失了信心，无休止地自责和埋怨自己。

到最后，只剩下了一个女孩儿，她天天跟在两位妈妈身后。姑娘长着一副大身板儿，上肩宽，用农民的话说，这个大姑娘长得门门的。这姑娘面相和善，除了上山劳动，剩下的时间就是在两位妈妈的身边。

大年三十晚上，姑娘在二愣丈母娘家吃完饺子，一路心酸地回到了知青点儿。突然，村子里传来了哭声，这是谁家遇到了难事儿？顺着哭声来到了知青点儿，满屋只剩下姑娘自己，可想而知，心情有多么糟糕。她号啕大哭起来，这大过年的，男女老少都出来围着这所房子，叫她开门，她也不开门，窗关得严严实实的。全村人用爱心包着这所房子和这个女孩儿。接近深夜，大家在屋外等待，等待姑娘开门。最后，姑娘把门打开了，两位妈妈走进去，陪着女孩儿过年。全村人这才放心回家过年。

发生了这种事，村支书要求两位妈妈二十四小时分工监管，不允许离开女孩儿半步。女孩儿的喜怒哀乐，两位妈妈都看在眼里，疼在心上。

经得一番寒彻骨，迎来梅花扑鼻香。这最后的一位姑娘也等到了返城的通知。她与两位妈妈难舍难分。这份情一直延续到妈妈们的晚年。每年五一、十一、过年等假期，姑娘都会回村看望两位妈妈。

送走了最后一位知识青年，农民完成了上级交给的任务。黄土地把知识青年还给了祖国，还给了他们的母亲。知识青年走出黄土地，从此山不再高，路在脚下。农民给了他们一双展翅高飞的翅膀，大展宏图，飞向远方。

五

绣花绷上多了一个人，大家彼此都非常紧张。但再怎么紧张也掩饰不住春芽对生活的热爱和心中的喜悦。她刚坐下绣花就开始报喜，昨天买了三个碟子，今天又买了三个碗，每天都有好事儿。买三个碟子还没高兴完，今天买碗继续高兴。小到针线盒，大到锄、镰、锨、镐。有人把贫穷看成灾难，发愁难过；有人却把它看成一张白纸，能画最新、最美的画卷。对于春芽来说，贫穷就是她人生起飞的跳板。

有了二愣哥，还有一个小宝宝，这个世间没有人再比她更富有。当初借着被褥、借着衣服结婚，今天能和二愣哥一起过和美的小日子，她连睡觉都在笑。

香草初学绣花，心里有些紧张，感觉很憋屈，说话很少。

在一起绣花的春芽、金枝和春花显得格外小心翼翼,也不敢随便说什么,怕香草挑理。

有一次,吃过中午饭,香草来得很晚,而且气呼呼的。

春花问香草:"今天怎么来得这么晚?"

这一问香草把话匣子打开了,说:"今天上午我妈送了四个菜粑粑给我,可是建国拿了两个菜粑粑送给他妈了,说他妈病了,什么也不吃。我就生这个气,这是我妈给我的,建国他有什么资格拿了两个菜粑粑给他妈。在家里我跟他吵了一架,他拔腿就走,去了大队会计室。后面儿我抱着孩子也到了大队会计室,把孩子放在他的办公桌子上,跟他打了起来。"

春花说:"哎呀妈呀,香草,这可是你的不对。就因为两个菜粑粑,这么不依不饶的,值得吗?你不怕别人笑话?拿孩子出气,要挟男人?"

后经过大队支部研究,停止了建国的会计工作——打架回家打去,夫妻在公共场所打架,影响大队的工作和形象。

建国被开除了,可香草这口气还是没出,她这一次出了狠招,把孩子送到了她婆婆的家门口儿,放在一堆草上。婆婆体弱多病,总听着外面有孩子哭,听来听去不放心,想着出去看看是怎么回事。这一看不得了,是自己的孙子躺在门外的草堆上哭。婆婆急急忙忙把孩子抱回了家。

建国知道后很生气,拿过剪刀把两个人的大红枕头一剪两半,吃完晚饭,建国就把另一半枕头送到了香草母亲家的大门前。

香草母亲晚上出去串门儿回来,山区的路高低不平,她迈着三寸金莲,双手插在身后的裤腰里,咿咿呀呀地唱着小曲儿走着。走到大门前,不知是什么东西套在了脚上,她前走走,后退退,怎么也抖不掉,可把老太太吓坏了。等到她把脚上的东西抖掉后,赶紧跑到对门儿去敲门,告诉对门的媳妇儿说:"快点儿看看我家大门前是什么东西,吓死我啦!"

对门的媳妇急急忙忙拿着手电筒出来一照,是一半儿大红枕头。

老太太立马就说:"这是建国干的,建国恨香草,香草这黑心的母亲,把孩子扔在了草堆上。"

在一起绣花,春芽每次回家吃顿饭,回来就有说不完的高兴事儿。香草把家里的那些破事儿发酵得又臭又酸,说个不停,影响了别人的心情。

有时候,春花实在听不下去了,就劝她说:"你不能这样做,好赖都是一家人,要互相帮忙、互相包容。"

香草说:"什么一家人,我跟他是上辈子的冤家,这辈子我跟他们家没完。他不是孝顺他妈吗?那我就天天野去,找他妈的事儿。我要叫他兄弟说不上媳妇儿,叫他妹妹找不到婆家。"

春花说:"任何一个人孝顺他妈都没有错儿,不是说你跟他领了结婚证,成了夫妻,这个男人就成了你的私有物品,得断绝一切的亲情关系。任何人的根儿都在他妈那儿，只有孝顺他妈，这个男人才能心怀感恩之心，跟你好好过日子，并且孝顺你的母亲。"

春芽问："你能叫他兄弟说不上媳妇儿吗？人家兄弟早有媳妇儿啦，而且是一个非常漂亮的大姑娘。"

香草说："他在哪儿说媳妇儿，我就到哪儿去搅和。"

春芽不服气地说："人家自己恋爱的，你能搅散了吗？再说了，这是什么仇值得你这样去做？"说着春花呕起来。

金枝忙问："你又有喜了？"

春花点点头说："我想再要一个女儿。"

金枝忙说："我也想要一个女儿。"

春芽也想再生一个女儿。

春花问："香草，你还要不要？"

香草说："我不要，他有什么资格值得我为他再生一个女儿？"

春花说："生孩子不是给别人生的。过好自己的日子，对别人家的事能帮一把就帮一把。宁拆十座庙，不毁一桩婚，做人不能太狠。有些事做过头了，对自己不好。"

虽然这话香草不愿意听，但是春花的话有一定的震慑力，香草也没敢说什么。

建国的弟弟建军由团支书升为民兵连连长。十九岁时，建军因为父亲的离世，不能继续读书，在生产队参加劳动，被村里一位叫王金花的美丽姑娘看中。这姑娘是开小卖部的,两个人情投意合,谈了八年的恋爱。

香草天天像疯了一样,不管孩子,也不给孩子喂奶。孩子饿得哇哇哭,建国抱着孩子去香草母亲家找。可是香草不在,建国无奈地推开了香草母亲对面邻居家的门,建国说:"嫂子,我求你一件事儿,孩子饿得哇哇哭,找不到他妈,你帮跑个腿儿,去看一看孩子他妈是不是在金花家。"

邻居说:"好,建国兄弟,我装作借东西,去看一看。我马上就回来,你在我家等着。"

一会儿,好心的嫂子回来了,告诉他在那里。建国狠心骂了一句:"她怎么不死啊!"

好心的嫂子劝建国说:"建国兄弟,你怎么可以这样说。日子慢慢儿过,到了时候她就好了。"

建国谢过好心的嫂子,抱着孩子去金花家,把孩子送到香草怀里,转头就走。

香草天天到王金花家,就是为了给建国的弟弟建军搅和婚事。建军从十九岁时就和王金花谈恋爱,已经八年了,香草不分白天黑夜地往王金花家里跑,搬弄是非。

20世纪70年代末,二十岁就够法定结婚年龄了。王建军已经二十七岁了。父亲早年离世,兄弟姐妹多,家里穷得一无所有。

王建军同母亲商量自己打石头盖房子,准备做婚房,母亲同意。王建军自己在山上开矿打石头，一只手招炮钻，一只手打锤。石头打出来了，可是没有小车子往家推。他们家原先有小推车，分家时给建国了。这时他母亲说："到你哥那里去推小车子用用。"

建军来到香草家推小车子用，香草不给借。建国让建军赶快推走。香草跑到车上坐着。建国把香草从车上拖下来，她又跑到车上坐着。建国又把她拖下来抓住，告诉建军："你赶快推走！"

可是香草用嘴咬建国。建军把车子扔在那里，香草把车子推回家，用菜刀把车胎剁得稀碎，嘴里喊着："我宁肯把车胎剁碎，也不借给你们用。"

在外地工厂工作的小叔回家探亲，看到了这一幕，心疼自己的侄子。小叔叫来建军说："我给你五十元钱，你去买一辆小推车，以后你有钱就还，没有钱小叔也不要了。把山上自己打的石头推回家，把房子盖好，没有钱我借给你，只要我能做的，需要什么你都可以来找小叔。"

小叔给了五十元钱，建军拿着钱到公社驻地的生资门市去买了全套的小推车，回家自己安装好，总算有小推车把山上自己打的石头推回家了。在小叔的帮助下，房子顺利盖好了。

王建军和王金花有八年的恋爱史，人生有几个八年可以相知、相爱？香草费心费力搬弄是非，最终把他们俩给搅黄了。金花为了能天天看见自己恋爱八年的男人，选择在同一个村出嫁。都说那有情人终成眷属,可为什么银河两岸挂双星,早知春梦一场空,不如当初不相逢,却落得劳燕分飞各西东。

王建军在生活和贫穷面前不得不低头。小婶儿给他做媒,很无奈地娶了一个傻媳妇儿,这傻媳妇儿就长了一个心眼儿。一天天飙吃、飙喝、飙干,听话,还能干。不知大小多少,一天到晚就认一个字儿——好。她天天看着人家的好,想着别人的好,学着人家的好,什么坏事到她的眼前都流到沟里去了。这傻媳妇儿天天看着自己俊美的男人,变得更傻了,在她的生活中没有贫穷,只有幸福。

傻媳妇儿刚结婚,有一次,去帮着香草嫂子种花生。香草可是找准了时间,向傻媳妇儿说婆婆和家人的不好。傻媳妇儿听了很久,说:"嫂子,我们都是一家人,争着吃也不能多吃,让着吃也不会饿死。一家人在一起争着吃我们都赚气生了……"

傻媳妇儿话还没说完,香草就不愿意听了:"在这个现实生活中,谁也别说个好听的给谁听。"

傻媳妇儿深深地领教了嫂子的为人,从那以后永不交心,敬而远之,多躲避,少接触,省得引火烧身。

建军刚结婚,觉得娶了个傻媳妇儿,生活没有情趣,也没有情调儿,感到很无奈。可傻媳妇儿很争气,没有几年,就给建军生了一双儿女,在忙碌的生活中,建军也渐渐忘记了情调的事儿。

王建军有谋、有勇、有策,傻媳妇儿听话、能干,他们两个人在一起很合拍,日子过得顺风顺水。婆婆对他们也是赞不绝口。

六

香草的婆婆端庄大方,说起话来慢声细语的,是一个思想比较先进、思维敏捷、一心向善的女人。老伴走后她迷失了方向,不知该听谁的。

香草的婆婆当姑娘时积极参加抗战,新中国成立后,在村里的青妇队工作。

结婚三天,她送丈夫上前线,战争结束回来的丈夫遍体鳞伤,身上还带着炮弹皮,后因体弱多病,年仅四十七岁就扔下了六个孩子和妻子。他们夫妻恩爱一生,从来没红过脸、吵过架,一直相敬如宾。失去了丈夫的她天天在炕上躺着,一直躺到了生命的终点。

夏季收割小麦,香草把刚从机器里脱粒下来的小麦送给婆婆。

香草没好气地说:"这是给你的口粮,你自己晒,自己吃。"

婆婆颤颤巍巍地从炕上爬起来说:"我没办法晒。"

香草火冒三丈地说:"你天天什么活儿也不能干,懒的就知道吃。你不能晒我晒,我晒了你别吃。"

香草跟婆婆吵了起来,最后把小麦又推回了家。香草说到做到，从此一字不提小麦的事。

这个英雄母亲给了六个儿女一人一个家，而自己天天在炕上躺着。体弱多病的母亲成了儿女们的心病。儿女们天天跑去照顾母亲，孝顺的同时，也给母亲带来了很多问题。

母亲做饭拉风箱胳膊疼，儿子把自己家的风鼓子拿过去给了母亲，香草看见了，张口就骂："你们想用风鼓子就用风鼓子，想用风箱就用风箱。我坚决得把风鼓子要回来。"香草拿着风箱从村的南头往村北头儿婆婆家走，一路上用尖锐的声音吼骂着。香草的身后尾随着很多看热闹的人。

好心的邻居跑到香草婆婆家，告诉香草的婆婆说："香草拿着风箱过来了。你快点儿把门插好，待在家里别出来。"香草婆婆听了邻居的话，就把门插好待在家里。

香草来到婆婆家用脚踢门，一只脚踢不开就用双脚踢。一个钟头踢不开，就踢两个钟头。她一边踢一边骂，门终于踢开了，香草大骂起来，婆婆颤抖着哭。

香草拿着风鼓子走出婆婆的家门，嘴里仍是骂骂咧咧的："你不是孝顺你妈吗？你能孝顺你妈，我就能来撒气。"说着耀武扬威地走向村里看热闹的人群，炫耀她的年轻有为。她的婆婆也走出家门，在街上站着哭。

有人不通人性，不识人间烟火。也许从来都没有想过用温柔的方法对待一个老人，解决家庭中复杂的问题。她永远也想不到，这个老太太把养了二十多年的儿子给了她，是这个女人给了她一个家。

有人告诉傻媳妇儿说:"你婆妈和你嫂子在北大街上干仗呢。"

傻媳妇儿摇摇头,心里想:婆妈和嫂子不能说天天干仗,也可以说经常干仗,谁也无能为力。傻媳妇儿只能抱着儿子回家去了。

过了一会儿人都散去了,傻媳妇儿抱着儿子去看婆婆。婆婆在炕上躺着,颤抖地哭着说:"我都不知道这日子该怎么过下去了,不知不觉就出来个事儿。"

傻媳妇儿好言劝着婆婆:"你是妈,肚量大一点儿。我们知道你一个人过日子不容易。拉扯这么多儿女,你又当爹又当娘,别跟我们小辈儿一般见识。我们现在都年轻,脾气急,又得养孩子,又得干活儿,生活压力大,上来脾气容易犯点儿浑,你是长辈儿,多担待点儿。都是自己的儿女,你看看你儿孙满堂的,应该高兴才对。天天咧着嘴笑,不就什么事儿都没有了吗?没事出去串串门儿,找个人说说话。走,跟着我到我家去,别天天想那些不开心的事。"

婆婆擦了擦眼泪,坐起来,告诉傻媳妇儿:"我哪儿也不去,我就在家里。你走吧,回家干活儿去吧,我没事儿。你不用担心我。"

傻媳妇儿走后,隔了一个钟头又去看婆婆。婆婆家的门锁上了,人不知去了哪里。到了傍晚,傻媳妇儿再去看,门还是锁着的。傻媳妇儿心中很担心,怕婆婆想不开,没有办法,她只能抱着孩子去找香草的男人:"妈下午不在家,锁着门,我找了好几趟,也不知道人到哪儿去了。你兄弟在厂子里值班儿没有回来。村里也没有个电话,我只能来告诉你了。"

第二天吃完早饭,婆婆来到了傻媳妇儿家告诉她说:"不管怎么难,我都得活着。你放心,我绝不给儿女丢脸。"这就是为母则刚。

农村秋收、秋种是一段很漫长的时间。农活多,体力劳动重。特别是有孩子的农妇谁能帮自己一把都感激不尽,哪怕是能把孩子送到别人炕上躺着睡一会儿,也是邻里之间莫大的帮助。

秋收时节到来,香草的婆婆被家中另一位媳妇儿悄悄地接走了,她是担心婆婆在繁重的家务中过于劳累。然而,傻媳妇儿的孩子尚幼,她原本殷切地期盼着婆婆能在秋季留在家中,帮她照看一下孩子。家中的年轻人都需要上山参与秋收、秋种的繁忙农活,追赶季节的脚步。从秋收开始直至结束,天气逐渐转冷,傻媳妇儿别无选择,只能每天带着孩子上山劳作。甚至在孩子需要休息的时候,也只能在山上找个地方小憩。

秋收结束了,香草的婆婆被儿子送回来了,兄弟之间见面就理论着:"没有父亲你应该为家庭主持公道。你什么时候不能行孝,非在秋天?你这是在挑起家庭矛盾!"

兄弟俩你一句我一句争论不休,最后演变成拉扯,你推我一下，我推你一下，纠缠在一起。老母亲撕心裂肺地哭着，在两个儿子中间求他们住手。

四十公里外的媳妇儿知道了，骑着自行车飞奔回到村子，找到大队，请大队出面解决问题。大队调解员在一起研究了这件事发生的前因后果。最后调解组组长对远道回家的媳妇儿说："兄弟之间亲密无比，你推我一下，我推你一下，这是再正常不过的。大队不能处理，大队如果插手，只会把矛盾扩大，你们都各自回家检讨个人的所作所为，自行解决。你以为人家说得不对吗，你如果真心行孝，什么时候不能行孝，秋天把母亲接去你家，秋收结束又把母亲送回来了。你如果真心行孝，冬天的农村特别寒冷，你们的生活条件相比这些兄弟姐妹要好，冬天你们把老母亲搬到你们的热炕头上过个冬。等春暖花开再把老母亲送回来，那村里人都能称赞你这个媳妇儿做得好、做得对。给兄弟姐妹做出了榜样。人这一辈子，千万不要做让自己后悔的事儿，不要做事太过分。你今天找到大队我跟你说这些，也许有些话不中听。任何一个家庭矛盾不找到大队，我们都不会插手，因为家家都有一本难念的经，清官难断家务事。我也一把年纪了，哪句话说得过重，请你原谅。"

秋已尽，冬来临，收拾白菜的时候到了，每年每家供养老人粮食和蔬菜，都是有数的。香草推着白菜送给她的婆婆，婆婆不在家，院子锁着门。香草用足了力气，把白菜从门楼子顶上扔到了院子里。

婆婆回家打开门儿,看见一院子的白菜摔得稀碎。婆婆来到了傻媳妇儿家,告诉傻媳妇儿说:"我打开门一看,院子里一院子被摔碎的白菜,我不知道是该坐着哭还是坐着笑。"

傻媳妇儿无奈地摇摇头说:"你应该坐着笑,你就是坐着哭,白菜都已经摔碎了,也不可能恢复原样了。你抱怨,你委屈,你哭天抢地也没有用,她这事已经做了,你再接着她的往下做,那你是拿着别人的错误惩罚你自己。你就应该想着儿媳多有力气,能把白菜从门楼子顶上摔过去,那说明她身体健康。她没有病,不是你的福气吗?"

傻媳妇儿说完,无奈地和婆婆两个人抿嘴一笑。

年关来临,腊月二十三过小年儿,傻媳妇儿正在锅旁捞着饺子。

村里调解员进门喊了一声:"兄弟媳妇儿,走走走,到你婆妈那里去开个会。"

傻媳妇儿端着饺子,拿着漏勺儿问:"到我婆妈家去开什么会?"

调解员说:"你们家今年有人,队里没给你妈小麦,你妈要找大队给解决。"

傻媳妇儿说:"该给什么我们都给了,谁不给你找谁去开会,我不去。谁家没有个老的,谁家没有个小的?家务事找大队处理,我丢不起这个人,我不去。"

调解员说:"别呀,兄弟媳妇,你老哥我来请你,你也得给我这个面子呀。"

傻媳妇儿说:"那好吧,给老哥个面子。"

会议开到了半夜,问题也没解决了。小麦坚决不给,你爱上哪去告就上哪去告,你爱找谁处理就去找谁处理,她就是坚决不给。

第二天,婆婆又来到傻媳妇儿家,傻媳妇儿问婆婆:"昨天谁给你出的主意,找大队解决家务事儿?清官难断家务事,家丑不可外扬。大队处理不了家务事,咱能忍则忍,能装则装,过了这个时候就好了。你的儿女都挺孝顺,你也别要求太高了。"婆婆不吭声,只是掉眼泪。

七

在一起绣花的四个女人,三个都想再要个女儿,唯有香草不想要,只要一个儿子。她们三位绣娘都如愿以偿,儿女双全好福气。

春芽每天回家吃饭,二愣和春芽见面有说不完的话。村里的好人好事,春芽回来后滔滔不绝地讲给绣娘们听。

今天回来,春芽没有说话,春花问:"春芽,你今天怎么不说话了?没有特大喜讯报告了?"

春芽喘了一口粗气说:"王文彬回来了。"

春花惊讶地问:"啊,哪个王文彬?是当兵那个王文彬回来了吗?"

春芽说:"是,二愣看见文彬复员回来啦。"

绣娘们都沉下了脸,为王文彬发愁。他回来这日子怎么过?当兵走了四年,他母亲也去世了,因为在部队执行任务,他母亲去世他也没能回来。现在回到家里,已经一无所有了。

春芽还是坐不住,说:"春花姐,要不咱们去看看吧。咱们都去。"

香草不想去,可是连拖带拉的一起去了。

王文彬在家收拾地上的草,看到本村的四位姐姐来了,忙着出门迎接。这四位姐姐和他开起了玩笑。

春花说:"当兵走了这几年啦,怎么长得这么俊?也长高了。这么帅气的小伙子,是哪家姑娘有福气能当咱文彬的新娘呀?"

她们说的说,笑的笑,把文彬说得满脸通红。可是这四位姐姐还是没过瘾,你一句,我一句,把文彬一颗冰凉的心给说热乎了,把愁容满面的文彬给说的脸上有了笑容。

父老乡亲,人间烟火就是这么暖人心。

春花问:"文彬呀,你自己一个人在家有意思吗?没意思跟我们走吧。今儿晚上跟你国庆哥喝两盅。"

她们你一句,我一句。"去吧去吧,国庆嫂子特别会做菜。让她多做几个菜,和你国庆哥多喝几盅。"

春花接着说:"说我会做菜,我可没有那个水平。"

她们又是你一句,我一句:"喝酒不用好菜,有咸萝卜干儿就可以啦。"

"不用不用,有人说喝酒,含着洋钉儿喝酒,酒味儿最浓。"

春花转回头对着这三姐妹说:"今天晚上你们三个的男人都跑不了,让他们来陪着文彬和国庆喝酒。"

香草说:"建国不能去,他得在家看孩子。"

金枝也是同样的话,男人不能出门儿,得在家看孩子。

春花浪声浪气地说:"文彬啊,你听到了吗?文彬啊,千万别说媳妇儿,说了媳妇儿就失去了自由,连门儿都不能出,得在家里看孩子。"

春芽开口说话:"我叫二愣去陪国庆哥和文彬喝酒。"

春花说:"你们看看吧,总有知书达理识大体的人。文彬哪,你说媳妇千万不能马虎,就照着你春芽姐这样的说,你们都要向春芽学习学习。不是我批评你们,不要天天把男人绑在家里。男人是鹰,应放飞在草原上;男人是龙,应腾飞在蓝天上。男人不是家鼠,天天窝在家里,那样会毁了男人的一生。"

春芽不客气地说:"我是最合格的夫人。文彬呀,选媳妇,照着我这样的选啊。过日子带劲才有奔头儿。"

春花看着春芽得意的样子说:"你看看,你看看,说你胖你就喘,痴人夸自己。"

这一群疯姐姐给文彬上了一堂生动的选媳妇的课,搞得文彬很开心。

春花说:"文彬,你在家等着,我回家找洋钉去,等你国庆哥从山上回来再来请你,到我家含着洋钉喝美酒去。"

文彬送走了四位姐姐,心中一股暖流涌上心头:这就是我的父老乡亲,树高几尺也忘不了根。

傍晚,国庆放工回家,春花把文彬回家的事情告诉了国庆。

她说:"今天下午我们四个去看了文彬,约定今天晚上到咱们家吃饭,春芽说叫二愣也来陪你们两个喝酒。"

国庆问:"还有谁?"

春花说:"再没有谁啦。他们那些人都在家里看孩子。"

国庆说:"叫上建军吧,建军家里有个傻媳妇儿,他肯定能出来。"

春花的笑声像铜铃一样响,国庆美得唱起了京剧腔调:"我家有贤妻夫不愁。"

国庆来到了建军的门前召唤一声建军。建军躺在炕上和孩子们滚在一起玩儿,听到有人喊立马说:"快点起来。"他把身上的孩子挪开,出去一看:"哦!是国庆哥,稀客呀,有什么事儿吗?"

国庆说:"今儿晚上到我家去喝酒。文彬回来了。你、我、二愣,我们四个凑在一起喝两盅,也为文彬接风洗尘。我去叫文彬,你一会儿自己过去。"

建军听说喝酒高兴地说:"好,马上就到。"

国庆走后,建军回到家里告诉傻媳妇儿说:"今晚我不在家里吃饭,我到国庆哥那里去喝酒。"

傻媳妇儿正在从锅里往盘里盛鱼,说:"这盘儿鱼你拿着,到国庆哥家喝酒,凑一盘菜,到别人家喝酒别空着手。"

建军提着包好的鱼,美得屁颠儿屁颠儿地往外走,突然回头说了一句:"家有贤妻夫不愁。"

二愣把自己收拾利索了,正准备朝外走,春芽叫住了他说:"你等会儿走,把家里那两瓶老白干儿拿着。"

二愣问:"你从哪里弄的老白干?"

春芽说:"上次过年你给我爸的酒,我妈没舍得留,给我拿回来了。到别人家去喝酒,别空着手。"

二愣用万分感激的眼神儿看着春芽,认真地说:"家有贤妻夫不愁。"

人都到齐,菜也都上桌了。

东道主王国庆端起酒杯说:"今天咱这是开民拥军大会,希望解放军叔叔能赏个脸,多喝两盅。"

国庆的开场白逗得大伙直笑。国庆的酒也喝瑟洒了。

建军说:"你看酒都洒了。"

国庆说"没事儿,没事儿,二愣还拿了两瓶老白干儿,有的是酒,咱们尽管喝。来来来,尝尝建军家傻媳妇儿做的鱼。常听人说傻媳妇儿做的鱼很好吃,建军呀,你好福气,说了个傻媳妇儿。"

建军右手搭在脸上,捂着嘴笑着说:"凑合着过吧,凑合着过吧。"

这哪是喝酒？是笑酒吧，一笑解千愁。

"这就是乡土人情，这就是我的父老乡亲。我王文彬何德何能得到如此款待。我能为父老乡亲们做点儿什么事？"他在心中问自己。

从这以后，王文彬受到了全村人的照顾，他就像是吃百家饭长大的一样，每家人都把他当作自己的孩子一样疼爱。每当有人邀请王文彬去家里做客时，建军、二愣和国庆总是陪伴在他身边。他们三人的家庭状况各不相同：国庆家中有一位贤惠的妻子，将家务打理得井井有条；二愣的妻子则是一个合格的女主人，把家里的大小事务都处理得恰到好处；建军的妻子虽然有些傻气，但她的纯真与善良给建军带来了无尽的温暖和支持。这三个女人都以各自的方式，默默支持着丈夫的事业，成为他们的贤内助。

王文彬环顾四周，这里村风淳朴，百姓善良；再观察家风，发现家家户户都尊老爱幼，孩子们欢快地奔跑在村间。尽管这里的物质生活并不十分丰富，但人们的精神世界却富足而充实。

王文彬每天以军人的英姿，挺胸抬头，迈着军人的步子，丈量着穷山沟的每一寸黄土地。他在向山河寻找财富，他想为父老乡亲做点事儿，让大家甩掉贫穷的帽子。他迈着军人的步子走进了草药谷。

"草药王"老队长天天蹲在草药地里，头发也长，胡子也长,有一种仙风道骨的感觉。突然,一个陌生人走进草药谷,老队长用紧张的神情望着来人。

王文彬开口道:"老队长,我是王文彬,不认识了?"

老队长回话说:"哦,是文彬啊。当了几年兵有出息啦!长高了,也长俊了,难怪大叔不认识你了。"

文彬问:"大叔,这草药地就你一个人在管理吗?"

老队长说:"是啊,长年累月也没有个人跟我说说话。唉,你来了,我也不干活啦,今天咱们两个说说话。"

一老一少说话很投机,文彬给老队长讲部队里的新闻趣事。老队长告诉王文彬中草药的药用价值,市场需求量很大,很有发展前途。老人的话说得王文彬心里很明朗。

不知不觉,太阳快要落山了,老队长站起来说:"今天到我家去喝酒,早就听说山沟里的四位才俊,'四小龙'到处喝酒,今天到我家比比酒量。"

文彬说:"大叔,怎么还传出了这个名字?"

老队长说:"这是个好名儿,山沟里能有你们四位,真的是山沟的骄傲。大叔老啦,腿脚不利索,你替我去叫国庆、二愣和建国,我在家里等着你们。"

文彬说:"真去叫?"

老队长说:"真去叫,快点儿,马上。"

文彬答应:"好。"

等到四位都到齐了,酒菜已经上桌,老队长端起酒杯说道:

"今天能把你们四位请到我家里来喝酒,我真的是很高兴。山沟后继有人,咱农民后继有人,穷山沟里有希望了。"

二愣说:"大叔,我们只不过是土庄稼巴子呀。有什么值得你这么高兴的,让大叔你贴上酒、贴上菜?"

老队长说:"别小看咱土庄稼巴子人,是这一抔黄土养育了我们。有了黄土地我们才能活下去。今天不谈黄土地,咱们专谈酒。"

"四小龙"跟老队长杠上了酒,你敬老队长一盅,我敬老队长一盅。看来今天这是要不醉不归。

喝酒喝到连菜碟子都吃了,把酒桌子都喝翻了。老队长拍着膝盖说:"今天我真高兴,穷山沟沟里出来你们四位青年才俊。有了你们'四小龙',我们后继有人了,以后全靠你们这一代了。"

四位青年走后,老队长一半清醒一半醉,按捺不住心中的喜悦,抱着老伴跟老伴儿说起了悄悄话,一遍又一遍地说着:"文彬这孩子不错,文彬这孩子不错……"

老伴说:"你喝醉了,赶快去睡觉吧。"

老队长说:"我没醉,文彬是个好孩子,我想把咱姑娘嫁给他。"

老伴说:"你今天喝多啦,等着明天再说吧。"

老队长说:"我没醉,我没醉,就得今天说。我想把姑娘嫁给文彬,你同意不同意?"

老伴儿说:"你松开手,文彬家里穷得什么都没有,姑娘嫁过去怎样过日子?"

老队长说:"他没有,咱们不是有吗?你省半口,我省半口,不就有文彬的一口饭吃了吗?王文彬这几年在部队里入团、入党。他有一个积极向上的心态,你别看他现在穷,好男不吃分家饭,好女不穿嫁时衣。这个孩子将来是会有出息的。你听我的,把闺女嫁给他,没有错。"

关于文彬这孩子的事,老伴在听了老队长的观点后,深感其言之有理。她看着文彬这孩子也越发顺眼起来。

同时,老伴儿也不知道他究竟是醉了还是没醉。为了哄他睡觉,便说:"好好好,听你的。"

八

第二天吃完晚饭,老队长来到村支书家里。村支书一看是老队长来了,连忙下炕迎进屋说:"老队长,稀客呀,已经有好几年没来我家了,有时闲下来还挺想你的。"

老队长说:"你还有闲下来的时候?别说那么多好听的了,我今天是来向你讨债的。你还记得知识青年上山下乡那一年,你去草药谷临走时对我的承诺,说等你忙完了有时间到草药谷陪我说说话。我一等就等了好几年,我天天在草药谷里,就我自己一个人,又没有个人说话,有时感到很孤独。想想在生产队干活儿时,一大群人有说有笑的,那么热闹。"

村支书说:"老队长,你这一说我想起来了,是我失约了。你帮我太多了,而我欠你的太多了,真是对不起。老队长,今天你来有什么事儿吗?"

老队长说:"我有点儿私事儿找你帮忙。"

村支书说:"老队长,说话不用那么客气。什么私事公事的,你的事就是我的事。我们两个说话从来都是掏心掏肺的,只要是老队长你的事,我能做到的,都会尽力帮你。"

老队长说:"咱们村王文彬当兵复员回来,我看这青年不错啊,我就直说了吧,我想把闺女嫁给他,请你来做这个媒。"

村支书哈哈大笑,笑的老队长不好意思,浑身起鸡皮疙瘩。村支书说:"老队长,你也太眼红了,人家当兵回家还没落地儿,你就要抢回家当女婿。"

老队长说:"你别取笑我啦,我是看着这孩子长大的,我看着这孩子好。你看他俩合适不合适?"

村支书说:"老队长,太合适了。文彬能娶你家的闺女,真是让人羡慕。"

老队长说:"那你还用怀疑吗?老话说,行好得好,儿子孙子满地跑。"

村支书说:"你跟老伴儿商量好了吗?招文彬为上门女婿,到时候到你家去过日子?"

老队长说:"这个事儿你跟文彬商量,他如果愿意到我家过日子,我肯定是求之不得。他如果愿意在他自己家过日子,我也同意。"

村支书说:"咱们今天就说好了,这个媒我做。你放心,我一定给你办好。今天我欠你的账都还给你,我说过到草药谷跟你说说话,现在我找个人代替我跟你说话。"

老队长说:"谁能代替你跟我说话?咱们俩一个眼神就能知道对方的意思。"

村支书说:"老队长,你这么看得起咱们俩的关系啊!我今天说这个人肯定比我强,你会很满意的,他就是王文彬。"

当村支书说出王文彬这个名字时,老队长和村支书不约而同地哈哈大笑。英雄所见略同。老队长点点头说:"论说话嘛,他是比你强。你爱打官腔,又总是没时间。"

村支书说:"老队长,你可别太偏心啊,得了金龟婿,就忘了老朋友。"

老队长说:"不会不会的。你如果家中有好酒,我会第一时间来喝。"

村支书说:"那说好啦,明天晚上你就来喝酒,我把咱们村儿的'四小龙'一同叫来,我们在一起乐呵乐呵。"

老队长说:"那敢情好,我们就在一起乐呵乐呵。"

第二天晚上,等人都到齐了,村支书举起酒杯说:"今天能把穷山沟里的'四小龙'请到我家来,是托老队长的福。希望大家都能赏个脸,多喝几盅酒。特别是王文彬,今天专门为你设宴,你可得赏这个脸,多喝几杯呀!"

王文彬说:"好的,我们都多喝几盅。"你一盅酒,我一盅酒,酒杯碰的是清脆响。酒过三巡,村支书举起酒杯,想拿王建军来寻开心:"来来来,建军,咱俩喝一杯。建军,我听说你家傻媳妇儿很会过日子,你现在的生活真是让人羡慕。一双儿女天真可爱。当年如果不是打搅的人处心积虑、搬弄是非,把你们搅散啦,你未必有今天的幸福生活。你得感谢她,如果不是她,你呀,不一定有现在的幸福呢。你媳妇又能吃苦,又能干活,你就偷着乐吧。"

听到村支书说起傻媳妇儿,王建军心中的醋瓶子被打翻了,五味杂陈,借酒舞东风,不知自己是在哭还是在笑。他放下酒杯,左手按着酒桌,右手捂着脸,笑个不停。国庆这时说了一句话:"老支书,再别说建军的初恋了。你再往下说,他可就要哭了。"这时建军把捂在脸上的手拿下来,举起酒杯说:"老支书,我回敬你一杯酒。不是我骄傲,也不是我自豪,我说的是实话,是本王领导有方。"他手指按着自己的鼻尖。

村支书说:"哎呀呀呀呀,我的妈呀,三间房子的小朝廷,你升上了山大王。"

二愣插话说:"酒喝个差不多就行了,建军喝醉了,又该去找他的初恋了,那可怎么办。"

大家趁着酒劲起哄,拿建军寻开心,笑成了一团。

建军说:"人家看咱家穷,又是没有爹的孩子,家里破事多。今生与她擦肩而过,来生与她也无缘了。你们都说我的傻媳妇儿又听话，又能干，又懂事儿，家里不管有什么破事儿，她听后总是呵呵一笑就去干活了。我今生永远不负这样的好女人，来来来，我们一起干一杯，为我的好女人——傻媳妇儿，干一杯。"

村支书说："建军这话说得在理。心中有正气，永远不迷路，不管喝多少酒，建军也不会去找他的初恋。你们尽管喝，大胆地喝，建军这话说的，我爱听。来来来，我们共同干一杯。建军此生得一好女人，我们共同为建军干一杯。再把酒杯都满上，满上，满上，我要宣布一个重大的决定。明天王文彬到草药谷去干活，帮助老队长把草药基地管好。

"明天晚上我单独请王文彬喝酒，没有你们三个的份儿，没有你们的份儿哈！你们都别有意见，我有非常重要的任务交给王文彬去完成，这是个秘密，暂时不能告诉你们。来来来，我们把手里的酒干了，都该回家睡觉去了。再这么喝下去，我们就成一窝匪了。"

酒尽兴、人尽兴、心尽兴，乡土人情，借酒同乐。

草药基地迎来了新人，也注入了新鲜血液。老队长看到王文彬，从心里喜欢。老队长语重心长地对王文彬说："文彬，进了这草药谷，得耐得住寂寞。草药谷不是喧闹繁华地带，在这里要忍受孤独。种植中草药是一项利国利民的事业，但它不是人人都能干的，必须得有领头羊，群雁高飞头雁领，做一项事业，必须静下心来。我先领你到草药地里走一遍，熟悉熟悉草药的名字、性能、生长环境。你先把草药的名字记下来。然后对着书本研究管理，把管理的经验累积下来，作为以后大面积推广种植的参考经验。"

老队长迈开脚步，领着王文彬走进了药材地，给他介绍着药材的品种。丹参、黄芪、党参、沙参、甘草、金银花、红花……老队长一边介绍药材品种，叫王文彬用笔记下药材名字，一边做管理药材的示范，两个人在药材地里转悠了一天。这就是老队长给王文彬上的第一节课——言传身教。

从东转到西，从南转到北，两个人在草药谷里转了一天，草药的花粉，草药的香味染在了衣服上。太阳快要落山了，他们两个一前一后往家走。

九

王文彬怀着忐忑不安的心情走进了村支书家。村支书在炕上坐着，桌子上已摆好了酒菜。

村支书一看王文彬来了，满心欢喜地打招呼："来来来，快点儿上炕来坐着。"

王文彬腼腆地低着头问："老支书，你找我有什么事儿？"

村支书说："我找你来喝酒，有一项很艰巨的任务需要你去完成。"

王文彬说："什么任务？你尽管说，保证完成任务。"

村支书说："文彬呀，军人身上的素质和我们老百姓就是不一样。我非常看好你,如果我有姑娘,我就让我的姑娘嫁给你。我看好了一个姑娘,想给你做个媒。这个事儿还是得你同意,摇头不算点头算。我说出这个人的名字,你如果同意,就点个头。你的父母都不在世了,哥嫂他们也都自己过自己的日子,我作为村里的党支部书记,想给你做这个主。你也看见了,昨天晚上二愣、国庆、建军他们的生活真是让人羡慕,我想让你早点儿过上这样幸福美满的生活,把你留在穷山沟里。等到我干不动的那一天,我肩上的担子由你来挑。"

王文彬说:"老支书你过奖啦,我哪有那个能力呀?"

老支书说:"没有能力可以学,我看好你。你先把自己的婚姻大事定了,先成家,再立业。"

王文彬眼眶湿润,在心里感恩父老乡亲。

村支书接着说:"我看好老队长的女儿,荷花。"

王文彬摇摇头。

村支书问:"你不同意?"

王文彬说:"老支书,不是我不同意,人家那么好的姑娘,可能跟着我遭罪吗?我要吃的没有吃,要穿的没有穿的,一穷二白。"

村支书说:"文彬,你别这么不自信。你先说说荷花的好处,我看看你怎么看荷花。"

王文彬说:"荷花又文静,又高贵,知书达理,确实是一个好姑娘。"

村支书说:"你如果看着这姑娘顺眼,这媒我来做,你什么也不用管了。不要被一个穷字儿压倒了,穷则思变。好男不吃分家饭,好女不穿嫁时衣。"

王文彬心中升起了无限的忧愁:我拿什么养活这漂亮的姑娘?我不忍心看着她跟着我风餐露宿。我应该好好考虑考虑,门不当,户不对,以后在一起生活会怎样?

"老书记,让我好好想一想,我现在的条件应该不应该成家。"

村支书说:"你怎么那么多事儿啊?什么应该不应该成家?你就说,想不想成家?"

王文彬说:"家中无粮心里慌。"

老支书说:"这样吧,我给你两天的时间,你考虑考虑,过了这个村儿可就没有这个店儿啦。我希望你在人生大的转折上要保持头脑清醒。"

王文彬说:"我先谢谢老支书。另外,求老支书到对方那里去听听他们的意见,我也好心里有个底。"

村支书说:"那是自然的,只要你同意,一切事由我来办。"

王文彬谢过村支书回到家里,感到压力很大,整个夜晚睡不着觉:如果不是穷,我多么想爽快地答应这门亲事;如果不是穷,我多么想和姑娘成双成对;如果不是穷,我多么希望有一个家;如果不是穷,我多么想有这样一个好的老丈人……人穷志短……

第二天，王文彬唯唯诺诺地走进草药谷，一穷二白的王文彬感到无力面对这位长辈。

老队长早已等候多时。

王文彬无奈的表情，老队长看了很心疼，用和善的语气对王文彬说："文彬呀，昨天晚上书记都跟你说了？你不用为难，你要是喜欢荷花，就什么都不用烦，我可以帮你。你如果不喜欢荷花，就吱个声儿。婚姻自由，婚姻自主嘛。"

王文彬结结巴巴地说："不是我不喜欢荷花，而是我家太穷了。我不忍心看着荷花跟着我遭罪。"

老队长说："哪有那回事，你们两个在一起过日子，我可以先帮衬着你们，以后还得靠你们自己。"

王文彬说："叔，你不嫌我穷？荷花同意吗？"

老队长说："荷花还有她妈都同意。今天晚上到我家吃饭，你先跟荷花两个人谈一谈，看看能不能谈得来，看看感情合不合，之后我们再说下一步，好吗？"

晚上吃完晚饭，老队长和老伴儿出去串门儿，为的是叫两个孩子可以好好说说话。荷花将桌子上的碗筷拿到伙房，在伙房刷锅刷碗。王文彬紧张得手都不知道该放到哪里好。他心门紧闭，憋得心里怦怦直跳，头上汗都出来了。王文彬紧张得不得了，多么想躲开。

荷花把锅碗瓢盆儿刷完，收拾利索以后上炕一看，王文彬在炕沿边上，挺胸，抬头，两手搭在膝盖上，像一幅画像一动不动地坐在那儿。

荷花走到王文彬的对面，问："文彬哥，你当兵几年？"

文彬这时松开了牙齿说："我当兵四年了。"

荷花问："部队的纪律很严吧？看你紧张的，文彬哥，以后你不用那样严格要求自己，我们都是农民的孩子，按农民的生活习惯就行，不用对自己那样苛刻。"

姑娘一番暖心的话，让王文彬的心门打开了。他问："荷花，你从来没想过到城里去找一户好人家，风不吹，日不晒，过悠闲自在的生活？"

荷花说："我想过，可是我爹不让，我爹说难道我们穷山沟儿里还能飞出金凤凰？如果到了城里变成了一只麻雀，还不如在穷山沟里当一只小燕子。外村的姑娘都嫌我们穷山沟里穷，不愿意嫁进来。我爹说人哪儿生哪儿长。"

王文彬问："荷花，你想过没有，我拿什么养活你。"

荷花说："哦，你犯难发愁的问题在这里啊。你现在没办法养活我，我可以养活你呀。你以为我是老虎吗？需要很多肉来养。我告诉你，我是仙人掌，插哪儿都能活。"

王文彬说："你真的不嫌我穷？"

荷花说："贫穷是可以改变的。找对象贫富不是主要问题，对方的自身素质才是最主要的。最重要的问题是头脑清醒，思维敏捷，身体健康，家风好。"

王文彬问："那你看上我哪儿了？"

荷花说:"你哪儿都好。你所有的一切我都看上了。你如果不嫌弃我,我愿意和你相伴一生。"

王文彬说:"我哪有资格嫌弃你?"

荷花说:"文彬哥,如果你愿意,从今天开始我们再不要说穷了。你有了我以后不再贫穷。我有了你,我将是世界上最富有的女人。我们两个是仙人掌,插哪儿都能活。用我们两个的双手,一定会建起美好的家园。"

王文彬问荷花:"你真的这么想?"

荷花说:"文彬哥,你怎么就这么不自信?"

王文彬想:并非我不自信,而是幸福来得太突然,站在我眼前这仙女般的姑娘,真的能陪我一生吗?

王文彬扑闪着大眼睛看着荷花问:"我不是在做梦吧?"

荷花说:"文彬哥,你看着我的眼睛,摸摸我的手,我是活生生的人,就站在你的面前,你不是在做梦。"

从那以后,王文彬的心被荷花唤醒了,不再因贫穷而困扰,时时刻刻有幸福相伴,心中装满了荷花。

到了年底,老队长想给他们两个办喜事儿。老队长对王文彬说:"你们两个都到了法定结婚的年龄。你们如果都愿意,就把喜事给办了吧。"

王文彬说:"我什么都没有……"

王文彬哪知道老队长天天在想着二愣结婚时的场景,千万不能再叫王文彬和二愣一样犯难发愁。

老队长告诉王文彬:"你没有我有,你有什么难处尽管对我说。你们两个在一起过日子,我先帮衬着。用不了几年,你们也能过上好日子。年轻人应该有胆量,往好了想。你先回去商量商量,你哥、你嫂子都同意的话,咱们就把喜事给办了。你如果想在你家办喜事,你就收拾收拾家,如果愿意到我家来办,那我可是求之不得。这个由你决定。"

王文彬说:"我想还是在我家办喜事。"

老队长说:"那好,我们就这样说好了,你去告诉村支书,我们把好日子定下来,办喜事儿请全村人喝喜酒。"

王文彬高兴地点点头,盼望的好日子来到了眼前,做梦也没想到自己能娶到荷花这样的好媳妇儿。走进老队长这样好的人家做女婿是福气啊。王文彬从心里感恩父老乡亲对自己的帮衬。不知该怎样回报乡亲们的帮忙。

十

王文彬和荷花订婚的喜事儿在生产队都传开啦。二愣把这个好消息带回家告诉春芽。春芽像报喜鸟一样,到绣花绷上向姐妹们传播喜讯,人人都为王文彬而高兴。能说到荷花这样的好媳妇儿,王文彬真是好福气。春芽一遍一遍地赞美王文彬和荷花这对金童玉女。

春花不急不缓地说:"姻缘是上天定的,德行好,才能得到好事儿。当初你和二愣结婚,全村人都说二愣有福气,说了你这么个好媳妇。现在的文彬就是当年的二愣,听说当年二愣结婚时被子和衣服都是借来的。你回家问问二愣,幸福是什么感觉,走好运又是什么感觉。你怎么还羡慕文彬,你羡慕二愣就行啦,二愣才是个福将。"

春芽说:"春花姐,你这样看二愣?你觉得二愣很幸福吗?我可没看出来。"

春花说:"二愣偷着在心里美,等到叫你看见,那可把你给宠坏了。"

春芽一边飞针走线,一边说着家长里短。

春芽说:"建军昨天晚上在水渠子里捉到了很多鱼,傻媳妇儿今天早晨拣了一条大的送给我们了。"

春花说:"有一个好邻居,净跟着吃好东西了。"

春芽说:"没少跟着建军吃鱼,可惜建军那个人了,说了个傻媳妇儿。傻媳妇儿积了多少阴德才找了这么个俊女婿。建军是咱们村男人中最俊的一个。"

春花笑着说:"看来春芽你没少偷着看建军这个美男子呀。春芽你刚才说,傻媳妇儿积了多少阴德?阴德是什么意思?"

春芽笑着说:"做好事叫别人知道叫阳善,做好事不叫别人知道叫阴德。"

春花说:"我听懂了,意思是傻媳妇做了很多好事别人都不知道,才找到了个俊男人。春芽,你晚上有没有走错门儿到建军家的时候?"

"哈哈哈。"春花笑个不停。

春芽一边绣花一边说:"哪能走错门到人家去,再好的男人,再美的男人,那也是人家的。"

春花停下绣花针对春芽说:"我们四个一边绣花一边说男人的美,以美男子建军为题材。谁先说啊?"

金枝这个平时少言寡语的人冷不丁地蹦出来一句:"建军那个人从外表美到骨子里,浑身上下没有缺才的地方。"

春花问金枝:"你都看见了?衣服里头你也看见啦?还浑身上下没有缺才的地方。"

春花的问话引起了一场大笑。

金枝慢声细语地说:"衣服里头没有看见,看外观就知道里面也不会缺才。衣服里面的也只有他的傻媳妇儿能看见,别人是看不到的。建军那个人的长相,上身略宽,下身偏细,身材笔直。他的头比普通人大,自来卷头发,头顶上三个大波浪,浓眉大眼,他迈左腿是歌,迈右腿是舞,走起路来歌舞蝴蝶飞一样。他是我见过的男人中最美的一个。"

春花惊讶地瞪大眼睛看着金枝问:"你赞美完了没有?"

金枝回答:"我就看出他的这些美。"

春花说:"哎呀,我的妈呀!我真是小看你了。偷着看美男子看得这么仔细、这么认真。春芽,你说说建军的美,金枝说了的你就不用说了。"

绣花绷子上不时地发出清脆的笑声。

春芽开始了她的精彩描述:"建军这个美男子无人能比,他有龙的威严美,有姜子牙的儒雅,仙风道骨。建军肚子里装满了诸葛亮的锦囊妙计。"

春花傻傻愣愣地停止了绣花,看着她们说:"我真是小看你们啦,赞美男人一个比一个强,我自愧不如。春芽,你这都是从哪儿学来的?锦囊妙计,仙风道骨,你肚子里的墨水还真不少。交流交流,从哪搞来的?"

春芽说:"平时吧,二愣哥爱看书,有时间我也看几页书,再叫二愣哥把看的书讲给我听。所以积少成多,慢慢地,我肚子里也有了点儿墨水。"

春花说:"哎呀呀,我的妈呀!肚子里还有墨水儿啦?叫我看看墨水是个什么东西。"

春花一转身,两手按在春芽的肚子上,惹得春芽哇哇大叫,又引起了一场大笑。

春芽开始浪声浪气地说:"墨水就是智慧,温柔的、细细的,软软的、绵绵的,遇事不慌,不发脾气,用智慧可以解决很多复杂的问题。"

春花脸上带着奇怪的表情说:"哎呀!我的妈呀!墨水还有这么大的威力?看来这几年春芽跟二愣学到了很多宝贵的东西。你可别说,家里有一个人坐着,弄一本儿书拿着看,就是一道最美丽的风景。书是世界上最宝贵的财富,读书可以改变命运。我们都得好好跟二愣和春芽学习。"

春芽美滋滋地说:"不用客气,二愣看的书,大多是从建军那里借来的。建军爱看书,所以他肚子里装满了诸葛亮的锦囊妙计。"

春花用羡慕的眼神儿看着春芽说:"有一个好邻居,不但有鱼吃,还有书看。你说我们现在把建军这个美男子夸得那么美,他的初恋后不后悔?"

春芽喘了一口粗气说:"后不后悔都已经是过去的事了。这都拜香草所赐,没有香草的努力搅和,那个姑娘就永远也不会变成初恋。"

香草心里憋着一股闷气,终于找到机会发泄了。她说:"我说到做到,他跟哪说媳妇,我就搁哪搅和。"

春芽瞅了香草一眼说:"你说叫他说不上媳妇儿,你做到了吗?"

香草说:"这个媳妇儿傻,不听搅和。"

春芽说:"如果建军和我们年龄相仿,我也会犯傻,飞蛾扑火。"

春花接过话:"你可别说,春芽真的能干出来,当年二愣什么也没有,她一心一意地跟着二愣过日子。"

突然听见院子外有人喊:"春花在家吗?"

春花抬头一看,走进来的又是一个美男子,急忙问:"院子里这是谁来啦?"

金枝靠近窗户,看清楚了,说:"是书记来了。"

春花打了个冷战说:"我的妈呀,怎么这么大的官到我家里来了。"

春花急忙站起来准备出去迎接书记。可是还没等她起来,书记已经迈着他那大长腿进屋了。

春花有点儿紧张地说:"村支书,你这么大的官儿怎么到我家来了?我们刚才都在说王文彬走好运,说了个好媳妇儿。这不我们也有好运来了。"

村支书微笑着说:"我来看看你们,也是来送好运给你们。听说你们绣花绣得很好,我要亲眼看看你们的风采。"

春花说:"村支书,你说的话我们都听不懂,什么是风采呀?"

这时,春芽一瓶不满半瓶晃荡地说:"村支书说的风采,风就是蜜蜂的蜂,采就是采花的采。"

春花笑着说:"春芽,你不懂可别瞎说,村支书怎么能随便采花呢?"

"哈哈哈哈,"村支书说,"我今天招喜鹊了,我也要走好运了。说起采花,谁能比我家那位还美、还漂亮?"

春花接过话:"这才是我们的好书记,一身正气。村支书,你怎么有时间偷着跑出来,正宫娘娘去干吗了?"

村支书说:"正宫娘娘在家睡觉呢。"

春花问:"正宫娘娘一个人在家睡觉吗?"

村支书说:"我今天掉到喜鹊窝里了。我可说不过你们这么多尖嘴喜鹊。说正事吧,我刚一进门儿,你们在说王文彬交上好运了,说了个好媳妇儿。我今天就为这事儿来找你们。咱们都知道文彬父母去世得早,哥嫂也都有自己的日子,我准备咱大队给他张罗着办喜事儿。主要的任务我想交给你们这几个绣娘。人家说办喜事的人必须是吉祥人,儿女双全的人,你们正好符合这个条件,而且有这个能力。我找你们去给王文彬操办喜事儿,相信你们一定会做得很好。另外,要叫着建军家那个傻媳妇儿。"

春花问:"村支书我隔你的话,建军家那傻媳妇儿是真傻还是假傻?"

村支书挑动着眉毛说:"春花,瞧你这话问的,我哪知道她是真傻还是假傻。这事你得问建军,建军知道。等喜事儿办完了,我们把'四小龙'叫在一起,都带上夫人,到时候问问建军弄明白他媳妇是真傻还是假傻没有。不过傻媳妇儿是个吉祥人,也是个富贵人。她两耳垂肩,双手过膝,到谁家都会给谁带来好运。"

春花说:"哦,村支书,你也偷着看别人家的媳妇儿啊!"

村支书说:"爱美之心,人皆有之。有的人是相貌美,有的人是心灵美。"

春花说:"村支书,既然是青年才俊办喜事儿,我们这些当哥嫂的理应出力。这件事你放心,包在我们身上。我们一定给你办好。"

村支书说:"民风民俗一样也不能少,有什么不懂的,回家问你老妈去。春芽有什么不懂的,也多回去问问你母亲。一定要把解放军叔叔的婚事办得体体面面的。你们尽管把这件事办好,大队给你们工分补助。"

春花说:"村支书,大队给我们工分那再好不过啦!就算是没有工分,我们家'四小龙'娶媳妇,我们也肯定会给好好张罗的。"

村支书说:"那行,我们就说好啦。一切由你们经办,有什么解决不了的来找我啊,随时汇报情况。"

春花说:"你放心,我们一定办好。"

全体绣娘下炕送走书记。

回到屋里,春花问:"咱们四个都参加?"

香草说:"我不参加。"

春芽横眉冷对地说:"这是好事,是喜事儿,你不参加吗?"

香草摇摇头说:"你没听书记说要吉祥人吗?你们都有儿有女,是吉祥人,你们去吧,我在家里给你们看门儿。"

春花说:"村支书拜托我们办喜事,这也是全村人的拜托,我们绝不能负了乡亲们,一定要做好。国庆生产队的事多,顾不上我们,春芽,你告诉二愣有事得帮帮我们,春芽再告诉傻媳妇儿,叫她也参加,跟她说清楚,这是书记的意思。春芽每天用笔和本把工作记好,到时候好向书记汇报。再有什么事儿我们一起商量。"

十一

　　文彬结婚的好日子定在了正月初八。春花她们操办喜事的工作,必须在年前准备好。春花告诉国庆向文彬要一把钥匙,她们去收拾家有钥匙方便一些。

　　腊月初八,吃完早饭,四位绣娘都到齐了,春花感觉能给文彬操办喜事,心里美滋滋的,笑着说:"今天是腊月初八,应该喝腊八粥,也是个好日子。从今天开始我们给文彬装扮结婚的新房,谁愿意奉献爱心就跟我走。"

　　金枝和春芽都起来跟春花走,唯有香草没动。

　　春花问:"香草,你真的不去呀?"

　　香草说:"我不去,你们去吧,我给你在家看着门儿。"

　　春花说:"那好,你在家里要抓紧绣花,别耽误了工期。"

　　出了门春芽说:"村支书再三嘱咐叫上傻媳妇儿,我去叫她,你们先去。"

　　春花和金枝打开文彬家的院门,走进院子。已经好几年没有住人的房子,院墙倒得一块一块的,满目沧桑。走进屋门儿,屋里什么也没有,只有一盘石磨支在地上。

　　金枝看了看满屋子通黑,开口说话:"文彬真彪,老队长叫他倒插门儿到他家去过日子,做入赘女婿,他为什么不去?这个家有什么好留恋的,什么都没有,不值得收拾嘛。"

　　正在说着,春芽和傻媳妇儿也走进了门儿。春芽听到金枝说的话，说："文彬真是好样的，尽管家里穷得叮当响，还是挺着脊梁骨，把媳妇儿娶回自己的家里，保留男人的尊严。我们不是在帮文彬收拾新房子。我们都在帮文彬找回被贫穷夺走了的男人的尊严，文彬真是个好男人。"

春花两手掐住了春芽的肚子说："我看这肚子里的墨水都满啦，说了这么多，我真是很羡慕你。再说荷花，她不嫌文彬穷，跟当年的二愣媳妇儿一样，铺着狗皮、盖蓑衣也愿意。春芽，你当年是不是被俊青年吸引犯傻了？现在想想，你后不后悔？"

春芽说："我当年的选择是正确的，永远都不后悔。婚姻没有十全十美的，有人选择物质，有人选择人品。选择物质，你就要守着财富过一生，不过财富不是永久的。你没听人家说吗，穷不过三辈儿，富不过三代。

"我选择了二愣哥，大大的眼睛，高高的鼻梁，一笑还有一对甜甜美美的小酒窝。我天天看着二愣哥过日子，感觉比吃糖还甜。除了长相和基因不能改变，什么都可以改变，贫穷是可以改变的。"

春花说："这么说，你当年选择二愣不是犯傻，是被二愣的美貌和才华所吸引？"

春花看着傻媳妇儿问："大家都叫你傻媳妇儿，你生不生气？是谁给你起了这么个怪名？"

傻媳妇儿摇着头说："不生气，不管谁给起的怪名，我都要谢谢他。咱农村人都说,没有怪名不发家。你看我们穷山沟里都穷成什么样儿了,别人能给我起个发家的名字,我感谢他都来不及,生什么气呢?自从有了傻媳妇儿这个怪名儿,大伙都爱叫,叫完傻媳妇儿大伙心里都特高兴,都哈哈笑,为我们送来了祝福、健康和财运。我和建军过日子,顺风顺水,芝麻开花节节高。"

大家都哈哈笑个不停。

春花说:"我看你真有肚量,你家这所大学校很不错,我们有时间能不能到你家去学习学习?"

傻媳妇儿说:"可以呀,欢迎你们都到我家来吃鱼。"

春花说:"本来我们只是想着到你家去学习学习,这么说还有鱼吃?你可得说话算数啊。我们到你家去贴点肉味儿,肚子里也长点儿墨水,跟你们学着说话,说起话来一套一套的。"

傻媳妇儿说:"欢迎,欢迎,到时候你们可都得把当家的领着。"

春花说:"这光顾说话,半天了还没有开始干活儿。我们说正事儿,开始干活儿。"

春芽说:"先干活吧,叫牙和嘴休息休息再接着说。"

引得大家又一阵哈哈大笑。

春花说:"金枝会剪窗花,这个事就交给你,看着最漂亮美的剪,一定要把新房装扮得漂漂亮亮的。我们的小老弟结婚,一定要叫他心满意足。棉被和褥子我们一起缝。现在咱们开始收拾家。"

老队长也在为女儿出嫁忙碌着。

老队长对老伴儿说:"不管买什么东西都买两份。一份儿给姑娘,一份儿给文彬。文彬办不到的我们都替他负责。别像二愣娶媳妇时,连被褥都没有,到处借,叫孩子犯难发愁。"

老伴问:"那我们是嫁姑娘,还是娶媳妇儿啊?"

老队长乐呵呵地告诉老伴儿:"嫁姑娘、娶媳妇儿,我们一起办。"

老伴儿记住了当家的话,和女儿一起来到镇供销社。她们看好了龙凤吉祥图案的大花被面儿,扯了四床被面。选了鸳鸯戏水的图案,扯了四床褥面儿。被里和褥里也都寻找最漂亮的布。

售货员羡慕地问:"大娘怎么买这么多啊?"

老太太高兴地说:"女儿和儿子一起办喜事儿。"

荷花拿出在家写好的买东西的清单,一对大红洗脸盆、一对镜子、一对香皂……什么都是成双成对的。荷花和母亲转悠了半天才把东西买齐了。

回到家里,母亲告诉荷花:"把文彬的被褥送到文彬家,交给几位绣娘,请她们给文彬缝。几位绣娘是儿女双全的吉祥人,借她们的福,借她们的光,人多财气旺,希望你们以后也能过上好日子。"

大花被面铺在炕上,几位绣娘手里拿着银针、红线,先把铜钱放在四个角上,然后用针缝结实。

春芽问:"春花姐,为什么棉被的四个角儿要缝上铜钱?"

春花得意地对春芽说:"这一次你得听我说了吧。铜钱外圆内方,寓示着做人要外圆内方,没有规矩不成方圆。老人们认为铜钱能聚财挡灾,可以祈福。把这个宝贝缝在四个被角上,可以祈求夫妻恩爱、一生平安。棉被的四个角、褥子的四个角和枕头的四个角都要缝上铜钱。"

春芽说:"春花姐,你怎么懂得这么多啊?好羡慕你呀!"

春花说:"我天天羡慕你跟二愣,今天我也被你羡慕一次。被人羡慕的滋味儿很美,我也终于尝到了。咱们别光顾着说话了,今天得把被褥都缝好。年关来临,咱们赶快把活儿干完,也好回家收拾收拾准备过年啦。"

几位绣娘的针线活可是数一数二的,她们飞针走线,绣蝴蝶成双对,绣鸳鸯喜成双。村里的邻居都来看几位绣娘缝被子,都来沾点儿喜气儿、沾点儿光。

乡亲们毫不客气地说:"等到我们家儿子娶媳妇儿的时候,也请你们来给我们缝被子。"

屋子里不时传出嘻嘻哈哈的笑声。太阳公公被感动得咧着嘴笑,为他们送来祝福,送来温暖的阳光。

十二

过了年,正月初八的好日子就在眼前了。初六,春花把人员都组织好,开始张罗着买鱼、买肉、买菜、请客、迎亲、发请帖……

金枝在母亲的指导下,日夜忙碌,剪出了最美丽的窗花。将窗花贴在门窗上,人们看了都叫好,真是名师出高徒。人人都夸金枝的一双巧手。

文彬的家人、国庆、二愣、建军他们都在忙碌着安排酒席。忙碌的人群里又走进来一个人,春芽忙忙碌碌的,差一点儿和书记撞了个满怀。

春芽急忙转过身喊了一声:"春花姐,村支书来了!"

春花立马从屋里走出来迎接。村支书在院子里看了看,又走进屋里看婚房装扮得怎么样。书记屋里、屋外认真看了一遍。春花小心翼翼地跟在书记的身后,心里紧张得不行,生怕哪儿做得不好。

书记开口说:"春花呀,我真是没看走眼。你很有组织能力。我刚才看了一下,婚房装扮得很好,各项准备工作都井井有条,这么大的喜事儿你能办成这样,说明你很有水平。下一届妇女主任,你是最佳人选。"

春花紧张的心慢慢放松了下来,对书记说:"书记,我真怕哪儿做得不好,对不住你。这是个喜事儿,我很想做得七光八面圆,可是我水平有限。"

书记说:"你做得很好,超出了我的想象。明天谁去接媳妇儿?"

春花说:"姐亲,姐亲,我们都是一个村儿的姐,我们都可以接媳妇。不过还是叫文彬的亲姐接亲比较妥当。"

书记说:"你想得比较周全,既然一切都安排好了,那么我就等着明天喝喜酒了。我得感谢你,春花,你为全村人树立了榜样。你带了个好头儿,人与人之间互帮互爱,你为支部做了一件大事。我代表党支部,代表全村父老乡亲,感谢你的爱心和奉献。"

春花笑着说:"书记,你别说得那么深奥,我也听不懂。我们都是乡里乡亲的,谁家有点儿事儿都互相帮衬一下,这也是我们老祖宗留下的美德。我们所做的,都是我们应该做的。我们做的一切,只要大家满意,我们就心满意足了。我们就等着明天娶媳妇儿回家了。"

老支书微笑着点点头说:"山谷里有你们,黄土地上有你们,是我们全村人的福气。我再一次代表支部感谢你们。"

红太阳从黄土地上升起,霞光映红了大地。今天是个好日子,娶媳妇儿的家里早已热热闹闹、欢聚一堂。大铁锅底下架着柴火,那红红的火苗儿烧着锅里的水,准备下饺子了。春芽小心翼翼地掀开锅盖,一看锅里的水开了。

春芽说:"春花姐,大锅里的水开了,快准备下饺子吧。"水饺在锅里打着转儿,开了三个滚,一会儿饺子熟啦,第一碗饺子捞出来给新郎官吃。

新郎官吃完饺子,穿上军装,好英俊帅气的新郎官。他骑着自行车，去完成他人生中最重要的使命之———娶媳妇儿。从青年变成新郎，单身去，回来是夫妻双双把家还。人逢喜事精神爽。人们喜笑颜开，目送着这位青年去娶回他的媳妇。

老队长嫁姑娘，酒席早已准备好。门里的长辈儿已经坐在炕上等新郎到来。新郎走进姑娘的家门儿，迎宾的把新郎领进屋，安排在预先订好的座位上。新郎今天是贵宾，坐首席。姑娘家下的第一碗饺子也是给新郎吃的，预祝新郎好运来，成为佼佼者。

荷花开始了梳妆打扮。母亲给姑娘梳梳头，脱下女儿装，穿上美丽的嫁衣。姑娘变成了美丽大方的新娘。姑娘就要嫁人啦，带着泪花离开妈妈。她要去建造自己的家了。

新郎官吃完酒席要下炕，鞋子里由舅哥装上钱，再给新郎官穿在脚上。新郎官儿走到正房，新娘子从闺房走出来。新郎在前，新娘子在后。领媳妇儿，领媳妇儿，慢慢地走出人群，新郎从此结束了单身生活，娶一个媳妇儿多一个娘。

迎亲的队伍都在街上等着，老远看见新郎和新娘走过来了，迎亲的人们开始忙碌着接亲、放鞭炮。把新娘子接到婚房，把送亲的人接到贵宾席上。

新娘子坐在婚房的炕被上，儿女双全的吉祥人端来一个盘子，伺候着新郎、新娘喝交杯酒。盘子上面放着一对用红线捆在一起的莲子、大枣、老伴儿鱼、肉盅、一对酒杯，新郎和新娘喝交杯酒，寓意在一起的美好生活；吃莲子寓意早生贵子；

吃老伴儿鱼寓意终生为伴；吃肉盅寓意生活幸福美满。乡亲们急着看新娘，你来我往，喜气洋洋，纷纷为新人送上祝福。

酒席上，村支书举起酒杯说："今天是我们村儿退伍军人王文彬和荷花结婚的大喜日子。今天由我代表村支部和全村社员来主持喜宴。我感到万分高兴，感谢全村的父老乡亲们能来参加文彬和荷花的婚礼。咱们村儿办喜事儿，这是第一次这么热闹、这么隆重，希望大家都能多喝几杯。今天是个好日子，全村同乐。下面请我们的新郎、新娘上台。"

掌声响起来，优雅端庄的新娘陪伴在文彬的身边，共同走上舞台。村支书宣布婚礼正式开始，请证婚人上台。

王国庆以证婚人的身份走上舞台，为一对新人证婚，念证婚词。一对新人谢过证婚人，送证婚人。

村支书宣布："第二项，新人拜堂——一拜天地，二拜高堂，夫妻对拜。"

之后是王文彬感谢全村父老乡亲们的祝酒词："我王文彬从部队复员回家，冷锅、冷灶、冷板凳儿。是乡亲们给了我一个温暖的大家庭，是老队长把养育了二十多年的宝贝女儿嫁给我这个穷小子做妻子。乡亲们的厚爱，我永生难忘。我是黄土地母亲生，黄土地母亲养的，是部队给了我军人的骨骼，是党给了我做人的灵魂。我此生以黄土地为家，以乡亲们为亲人，往后成家过日子，乡亲们只要有用得着我王文彬的地方，尽管开口，我愿尽一名共产党员的责任，扎根黄土地，为父老乡亲们服务。"

村支书说:"王文彬这话说得好,有军人的气质,有共产党员为人民服务的风采。我们有这样的好后生,是我们全村人的福。"

王文彬再次举起酒杯说:"今天我的婚礼办得这么隆重,托全村父老乡亲们的福。特别感谢几位绣娘姐姐,把我的婚礼操办得这么隆重。'四小龙'里我是小弟,在这里叫一声:'四位嫂娘,谢谢你们。'"

村支书说:"王文彬这话说得有理有节。下面请王国庆、王二愣、王国强、王建军带上夫人一起上台来。"

四位英俊的青年带着媳妇,迈着黄土地给他们的坚韧舞步走上台。他们为什么这么自信?是天空、大地给了他们正能量。阳光雨露、狂风暴雨伴随着他们年年岁岁在黄土地里做着天大的事,一年四季,勤劳耕种。今天喝喜酒,他们也不含糊,一个个赛过梁山好汉。

村支书举起酒杯说:"来来来,酒杯都满上,满上!我们共同干一杯,祝愿王文彬、荷花夫妻恩爱,白头到老,早生贵子。今天大伙儿同乐,全村儿同乐。建军啊,你怎么弄个媳妇儿老在身后藏着?怕我们看见吗?傻媳妇儿,这样叫你不介意吧?"

傻媳妇儿说:"不介意,书记。"

村支书继续说:"傻媳妇儿,你知不知道建军有个初恋?"

建军一见要说笑话，嬉皮笑脸地举着酒杯来到了书记面前说："村支书，今天是文彬的大喜日子，我们多说说文彬和荷花。再说了，这个秘密你怎么能对她说啊？你这不是往我家后院放火吗？"

村支书说："我相信傻媳妇儿是你家里的灭火器，对任何事情都不会火上浇油。建军，我很早就想问你，傻媳妇儿究竟是真傻还是假傻？"

建军点点头说："是真傻，是真傻。"

傻媳妇儿也随着建军来到了村支书面前。傻媳妇儿问："村支书，你刚才说建军有个初恋。你怎么不早告诉我呢？怪不得他晚上不回家跟我睡觉。"

建军一把搂过傻媳妇儿，用手捂住傻媳妇儿的嘴，说："你这个傻媳妇儿，说话土掉渣了，睡觉的事儿怎么能在这么多人眼前说？净给我丢人。"

在场的人笑得肚子都疼了。

村支书酒杯里的酒洒得所剩无几，建军举着酒杯说："老支书，你的酒都洒了。"

村支书说："我们农民有一句老话，丢点儿，洒点儿，过年多打点儿。来年的今天我们还一起喝酒。傻媳妇儿，听说你那儿有一所大学校挺好的。"

傻媳妇儿说："老支书，我们家的大学校，建军是校长。"

老支书说："你又往建军脸上贴金。我想在我们村办一所女子学校，你来做校长，教给她们怎样在家里当灭火器，怎样处理婆媳关系，怎么样？"

傻媳妇说："村支书，你说的这些你得找春花姐，她都能干好。再说了，村支书，我向你推荐一个人，那就是正宫娘娘——你夫人，那才是最佳人选。"

村支书一听说到他的夫人，立马峰回路转，说："我们说话跑题儿啦，笑话儿到此为止，我们开始办正事。由文彬、荷花给各桌敬酒。希望大家吃好、喝好，大家不醉不归。二愣在台上唱祝酒歌。"

有人欢喜有人愁，荷花出嫁后，过上了夫妻甜蜜恩爱的生活，剩下的老队长和老夫人天天大眼瞪小眼儿。剩下这老两口儿和这空空荡荡的家，老夫人有时眼泪都在眼眶里打转。老队长对老夫人说："老话说一斤豆腐二斤酒，打发闺女上轿走。女儿大啦，像小燕子一样，长大要飞出去，建造自己的小窝儿。你不用觉得孤单，我会永远守着你。"

第三辑　我为农民唱首歌

一

　　一九七九年，春天的气息再次弥漫神州大地，改革开放的嘹亮歌声激荡在每个角落。摒弃了过去吃大锅饭的旧体制，村里实行了分田到户的新政策，犹如一股春风，为经济注入了新的活力。让一部分人率先富裕起来，以此带动整个社会经济的蓬勃发展。这正是党中央高瞻远瞩的决策，也是我们迈向繁荣的重要一步。

　　生产队队长宣布分田到户，二愣听到分田到户，高兴地跑回家，两手把着春芽的胳膊，嘴里喊着："春芽，春芽，这次可好了，我们可以种药材啦！"

　　春芽忙问："你刚才说什么？咱们能种药材啦？你是不是头脑又发热啦？你忘记种药材被毁的事了？你还想种药材，你还没受够气吗？"

　　二愣认真地对春芽说："这一次不一样，改革开放，上面有政策，把土地分给各家各户，可以放开手脚搞活经济。个人爱种什么就种什么。我要种药材！我已经想了很多年了，种药材的梦终于可以实现了。等种药材挣到钱了，我领你们母子三个去北京看天安门。"

　　春芽用疑惑的眼神儿看着二愣问："二愣，你想种药材都想疯了，疯疯癫癫的在梦里说话？种药材哪有那么简单，那可是个精细活儿啊！再说了，你会种药材吗？"

二愣很有信心地告诉春芽:"我不会种不要紧,有老队长呀,他会帮我的。我们两个是什么关系?他就是我的再生父母啊!"

春芽点了点头说:"那倒也是。二愣哥,我等着你发大财,领着我们去看北京天安门。"

春芽和二愣仿佛置身于一座金矿门前,飘飘然如梦似幻。他们欣喜若狂,高声欢呼,那首《春天的故事》在他们的口中唱响,旋律激昂,振奋人心。他们心中充满了对美好生活的向往和对改变命运的渴望。他们期待着能因此踏上那条通往幸福的康庄大道。

二愣急匆匆地冲进草药谷,却意外地发现国庆和建军已经捷足先登,他们正与老队长和文彬热烈地讨论着药材大面积种植的前景。他们深入研究各种药材的市场价格和盈利潜力,试图找出哪种药材能带来更大的经济效益,让大家的辛苦付出转化为可观的收入。

老队长看到二愣冲进来,高兴得合不拢嘴。他心中暗喜,英雄所见略同,这些年轻人都是为了寻找生活的出路而聚集在这里。种植药材就像是照亮这个穷山沟的一束阳光,给他们带来了希望和机遇。现在,"四小龙"已经齐聚一堂,他相信他们四个人携手合作,必定能在这片土地上搞出大动作,开创新的未来。

老队长对这四个晚辈儿喜爱有加,他衷心希望他们都能留在草药谷,成为他精心培育的优秀"苗子"。他渴望将他们培养成草药种植与研发的佼佼者,让草药谷名声远扬,同时也为这些年轻人铺设一条通往成功的道路。

老队长问:"你们都想好要种的药材了吗?我先领你们到药材地里走一趟,你们熟悉熟悉药材的品种,了解一下药材对土壤的要求。"

老队长领着"四小龙"走遍了草药谷,介绍了各种药材的功能和生长环境。最后,老队长语重心长地对四位后生说:"以目前的情况看,适宜大面积种植的是黄芪,它属于草本植物,对土质和种植管理要求不是很严格,而且市场价格挺不错的。黄芪根的产量也很高,秋天把种子撸下来,也能卖个好价钱。它的枝干可以当柴火烧。黄芪全身上下都是宝。你们可以种几十亩,有能力的话也可以种个百十来亩。只要你们舍得出力,技术方面由我来负责。"

建军接过话头:"老队长,您能帮我们解决技术问题,我们还有什么顾虑?就是砸锅卖铁,我们也要上!"

在这个偏远的穷山沟里,家家户户都不算富裕,更别提筹集资金购买黄芪种子了。这个难题让这几个满腔热血的年轻人陷入了困境。

然而,改革的春风正激荡着整个社会,也激起了他们心中的斗志。他们彻夜难眠,思考着如何破解眼前的困境,跟上时代的步伐。每一个夜晚,他们都在反复琢磨,希望能找到一条可行的出路。迎着初升的朝阳，他们感受到了春天的气息，也感受到了命运的转折点就在眼前。他们深知，这是他们改变自己和家乡命运的关键时刻，必须迎难而上，勇往直前。

春花看到丈夫因为发愁睡不着觉，小心翼翼地去婆婆家，将这件事告诉了婆婆和公公："国庆想种黄芪，可是我们没有钱买种子。"

公公高兴地说："这是好事儿啊。我这里钱也不多，但是买黄芪种子的钱应该够了。只要你们走正路、办正事儿，我们有多大的能力都会尽力帮助你们。"

春花回到家里，告诉国庆说："你想种黄芪，买黄芪种子的钱我给你借到了。"

国庆高兴地说："我的好老婆，你真是及时雨。家有贤妻夫不愁。"

春芽就没有那么幸运了，她没有公婆，只能迈着沉重的脚步走向娘家。

看见春芽回来，心事重重的样子，母亲忙问："春芽，你有什么心事儿？"

春芽说："二愣想种黄芪，可是我们没有钱买黄芪种子。"

春芽的老父亲咧着嘴笑着说："就这么点事儿还能难住二愣？你们两个人一心一意地过日子，我打心眼儿里高兴。你们没有钱，我有，我借给你们。只要你们两个好好过日子，有什么难处回家说，告诉我和你妈，我们能帮的都会帮你们。"

二愣知道了，高兴地对春芽说："春芽，你就是我最好的夫人。"

建军的傻媳妇儿平时省吃俭用，积累下来一些钱，这个时候就不用为钱而犯难了。

春芽这只报喜鸟掩饰不住内心的高兴和激动，回到绣花绷上就开始说要种药材的事儿。

金枝问："你上哪儿去弄钱啊？"

春芽喘了一口粗气说："哎呀，真是很为难，出嫁的姑娘无奈之下回到了娘家，我把这件事告诉了我爸妈。我爸说他借钱给我们，支持我们种药材。"

春花说："我也很为难，思来想去，最后到公婆家说了这事儿，公公说他借钱给我们。公公说只要我们走正道儿、干正事儿，他会尽力支持我们。"

金枝停下绣花针，右手拿着针在空中停留，看着春芽和春花说："你们两个能帮助男人办这么大的事儿，我从心里羡慕你们。我虽然不是个坏女人，天天想着做坏事儿，但我真是没有能力，只能跟着男人受穷吃苦，我不怨男人，因为我自身也没有能力。"

春芽停下手中的绣花针，对金枝说："金枝，你不能这样说，任何能力都是被逼出来的。你要懂得一个道理，持家过日子，当一个家庭遇到问题，而且是不好解决的问题时，女人必须出面儿解决难题，因为咱们女人心细，遇事不慌，有博大的胸怀。"

金枝看着春芽说:"春芽把家研究得很透彻,说话也不和我们是一个档次,说话有板有眼,真是让人羡慕。春芽跟着二愣过日子,没有几年便像变了一个人一样。我和春芽相比,就是一个没用的女人。我就是过一天日子算一天,对啥事儿都没有认真想过。"

春芽说:"你脾气好,从来不发脾气,这一点我做不到。"

春花说:"人家都说结婚以后男人是一所大学校。春芽在二愣这所大学校里学到了智慧财富,跟着二愣学着看书。书中自有颜如玉,书中自有黄金屋。我们不能原地踏步,我们都得跟着春芽好好学习,好好过日子。"

香草插话问:"你们两个一个到老婆婆家借的钱,一个到娘家借的钱,那建军到哪儿去借钱?"

春芽还没等香草把话说完,就像开了机关枪一样哒哒哒地说个不停:"建军不用借钱,平时傻媳妇儿勤俭持家,省吃俭用,攒下了一些钱。建军说等过一段儿时间,去买个中型农用卡车回来用。真是很羡慕他们。建军比我们结婚晚好几年,人家的经济实力比我们都强。傻媳妇儿把美男子培养的腰杆儿硬朗,人也越来越优秀。你们说他的初恋后不后悔?"

春花说:"怎么又说到了他的初恋,都是过去的事儿了。我们真的应该好好跟着傻媳妇儿学习,好好过日子,精打细算,勤俭持家。我们的儿女都在一天天长大,往后用钱的地方多啦,不能有事儿才想起东家借、西家凑，这是过日子的大忌。"

春芽说："春花姐说得对。我们的孩子一天天长大，往后孩子读书、娶媳妇儿都需要用钱。现在趁着我们年轻，身强力壮，赶紧大干一场。二愣说啦，等着种药材挣到钱，领着我们娘仨去北京看天安门。"

金枝说："你们去吧，我是没有指望了。"

春花对金枝说："别这样说，我们一起努力，到时候我们一起去北京看天安门。"

这天春芽和二愣正在吃中午饭，院子的大门响了，春芽和二愣立刻停止了吃饭，看是谁来了。这个人两手把着门环没进门，在门外挺着。当看清是冶保大队长时，二愣火冒三丈地跑出去，在院子里摸了一把铁锹拖着就出去了。

春芽一看二愣的脾气上来了，飞一样扑到了二愣旁边，紧紧把住铁锹，嘴里喊着："建军，建军，你快点儿出来！建军，你快点儿出来，快点儿！"

在家吃饭的建军听到喊声，放下筷子，急三火四地来到了门前。

春芽说："建军，你快点儿把二愣拖到你家去。"

二愣嘴里一个劲儿地说："你当初把我的药材都给弄死了，你还敢上我家来！"

建军费力地把二愣拖到他家里去，问是怎么回事儿。

春芽被吓的不知道说什么好，过了一会儿才缓过来一口气儿，问："大哥，你有什么事儿到我家里来说。"

来的人难以说出口。

"大哥，"春芽再一次说，"有什么事儿你就直说。"

来人说："我想和你借点儿粮食，家里揭不开锅了。我当初真是对不起你们，可我也是没有办法。当时就是那个政策，我挣着大队的工分儿，大队叫我干，我不能不干。"

"大哥，你跟着我来家，"春芽说，"大哥，你也是知道我的，我们穷山沟里谁家的日子也不是很富裕。每年到了春季，家家户户都是青黄不接。你既然来到我家了，我就借一些粮食给你，我们再添点儿菜呀、汤呀什么的，凑合凑合也能过了这个春天。"

春芽找袋子盛粮食，装了三十斤玉米，又装了二十斤小麦，说："大哥，我就能帮你这些了。"

来人眼泪都流出来了，说："春芽，你救了我们一家人的命。"

春芽说："大哥，今天这事儿你也别怨二愣。当年二愣为了培育草药苗，起早贪黑的，每天一有时间就到地里看，就是为了秋天能挣几个零花钱。你把我们家的草药苗给揪了，你知道二愣有多心疼吗？他一连几天不吃饭，晚上睡不着觉。今天我也不是埋怨你，我们再也不说这些事啦。听说改革开放自己想种什么就种什么，但愿我们能有一天吃饱穿暖，过上幸福的生活。"

二愣从建军家回来，春芽上下打量着二愣，看二愣气已经消了，小心翼翼地试探着说："你怎么那么冲动？吓死我了。二愣哥，我跟你说啊，以后不管是什么人，他是恩人也好，是仇人也罢，来到我们的家门口儿，就都是客人，我们得笑着迎、笑着送。你如果把他打伤了，我们可怎么办呢？以后遇到什么事儿不要那么冲动。不管什么人，有求于我们，我们宁肯自己不吃也要帮助别人，这是为儿孙积福……"

春芽喋喋不休地说着二愣，回头一看，二愣已经睡起了午觉。

二

改革开放，分田到户，有人欢喜有人愁。年轻人对耕种土地感到力不从心。他们害怕自己四季不分、五谷不勤，不知道什么时候该种什么庄稼。在生产队跟着大家干，从来不操心，现在分田单干，他们感到很无奈。他们成群结队到老农民家里，想把分到的土地转给老农民种。

勤劳的老农民做起了年轻人的思想工作："土地是咱们农民的命根子，只有黄土地才能养活我们。你们年轻人不想种地，那我们这些老农民走了以后，这些土地该怎么办？你们年轻人不会种地不要紧，我们老一辈儿手把手教你们，有什么不懂的尽管开口问，我们会毫无保留地告诉你们。"

虽然春寒依旧料峭，但年轻的农民们已经跃跃欲试，迫不及待地想要开始新一年的耕作。他们上山随手抓起一把黄土,发现其中沙子多而土少,不免心生疑虑。于是,他们向经验丰富的老农民询问:"这样的土地能长出庄稼吗?"

老农民笑着回答:"你们就等着瞧好吧,这种土质特别适合种植花生,一定能长出好的花生来。"

春天播种,到夏天高粱苗都有人那么高了还没有定苗。野草遍地都是,老农民说:"这些年轻人真是能愁死个人,哪有这样种庄稼的,满地是草,到现在还没有定苗儿,这能对得起这片黄土地吗?"

面对年轻人的困惑和无力,老农民没有袖手旁观,而是选择做起了义工,帮助年轻人除草、定苗。在老农民的悉心指导下,年轻的庄稼人逐渐掌握了农耕的技术,他们成功地战胜了野草,定好了庄稼苗,每一垄庄稼都被扶得井井有条。

老农民说:"你们这些臭小子,没有个人管着就不行,好啦,等着秋收吧。"

秋天到了,喜获丰收的小院子里,锅满、盆满、院子满、粮仓满、圆滚滚、胖嘟嘟的大玉米棒子,白花花的大花生,红艳艳的红高粱,满地的大地瓜,大豆粒儿满地滚。它们在向人们展示自己的美。年轻的农民尝到了喜获丰收的滋味儿,他们被黄土地而吸引,为改革开放而叫好。年轻的农民也学会了种地。

改革的春潮如汹涌的海浪,不断推动着社会的发展,也激荡着每一个年轻农民的心灵。他们怀揣着热血与梦想，渴望在这激情燃烧的岁月中成为勇敢的弄潮儿，在时代的风浪里捕捉财富的机遇。

"四小龙"把种药材看成是黄土地上发家致富的一束阳光。他们天天围着老队长转。老队长也算是心满意足，把种药材这一项事业推广普及，造福社会，造福农民。这也是一名共产党员在改革开放中为社会应尽的责任。

种黄芪，老队长全程把关。第一年每户实验种，需要大量种子，当地买不到。老队长委托县药材公司的领导到处咨询，寻找黄芪种子，最后在药材市场那里找到了黄芪种子。老队长和药材公司的领导亲自到药材市场去选种子。

老队长对每一个细节都一丝不苟、认真负责，深深感染了四位年轻人，给年轻人做了表率。老队长背着种子回来了，这种子是生命的种子、幸福的种子、致富的种子。年轻的农民们在黄土地上欢呼了起来。

老队长把"四小龙"叫在一起开了个会，说："第一年大面积种黄芪，我们经验不足，所以我们必须一起种、一起收，互相帮衬着。我负责管技术，你们年轻人有力气，负责出力，管理时各家归各家分开管理。

老队长开始组织整地。老队长说："种药材可不同于种庄稼。种药材一定要把地整平，地高低不平，到了夏季雨水大，地里存水，黄芪苗子就会被涝死。所以要把地整平，防旱防涝，确保秋季有个好收成。"

这年春天干旱,老队长抓一把黄土在手里,握不成球,沙土没有一点儿湿润气。为了防止干旱导致种子出芽率低,老队长决定使用根水、根肥,确保秋季丰收。老队长驾驶着耕梨在前面儿破土,"四小龙"全程跟着挑水。他们挑着扁担,颤颤巍巍的,从远方把水挑到地里。媳妇儿们浇水、施肥、撒种子,或在后面跟着扶垄。

老队长讲述着每一道工序的操作要求:"浇水的要把水浇在沟里,浇匀称,施肥的要把握一亩地使用多少肥料,自己心里要有个数。撒黄芪种的是最重要的一关,疏密要保证。扶垄的盖一脚深的黄土就可以啦。黄土盖深了、盖浅了,它都不爱长。我们要确保出土时苗全苗旺。有苗不愁长,秋季才有个好收成。人人都把握好自己的那一道工序,我们这是给自己干呢,干好了,秋天有收成,我们吃好饭;干不好了,我们就得喝稀饭。自己掂量掂量自己手中的水、肥、种子该怎样使用。改革开放的第一个春天,我们要开个好头儿。你们有钱了,领着老婆孩子去北京看天安门。"

四对年轻的夫妻在黄土地上,像一群仙鹤在跳舞。挑水的像仙鹤扇动的翅膀,浇水、施肥、撒种子的像仙鹤在啄食,而扶垄的像仙鹤在黄土地上滑翔。美极啦!这是农民在黄土地上跳的一支舞。

四十亩黄芪一连种了几天,黄土地上的仙鹤舞跳得人困马乏。春风的袭扰,太阳的炙热和熏烤以及老队长的严格要求,让他们愈发感到辛苦。

老支书迈着他那大长腿走进草药谷,东看看,西瞧瞧。老支书的到来,像一缕清风,带来了新鲜的感觉。他那俊美的笑容,像一杯清香的美酒,特别提神儿。还没有等到老支书说话,黄土地里种黄芪的人全都哈哈大笑起来。

老队长忙问:"这么大的官儿,怎么今天有时间到黄土地里来了?"

春花随后也问了一句:"你今天又来看傻媳妇儿吗?"

嘿嘿嘿的笑声改变了这里疲劳的氛围。

老支书开口说话:"今天不单纯是来看傻媳妇儿,最主要是来看春花你的。"

春花笑个不停。

老队长发话了:"你看傻媳妇儿,建军同意吗?"

建军说:"傻媳妇儿是个福将,谁看谁有福,你们尽管看。"

傻媳妇儿握起爱的拳头追打着建军。

傻媳妇儿说:"你的媳妇儿就这样不值钱,谁爱看谁看?"

他们两个打情骂俏。

老队长又问了一句:"你看春花,国庆同意吗?"

国庆说:"刚结婚时,谁看我的媳妇儿我就跟谁急。我害怕他们看我的媳妇儿上瘾。现在花已褪去了鲜艳,谁爱看谁看吧。"

国庆的话惹怒了春花，春花拿起挑水的扁担就赶着打国庆。国庆一边捂着头一边倒处乱窜。

在场的人笑成了一团。

建军两手搭在傻媳妇儿的肩上甜甜蜜蜜地回来啦。国庆和春花手拉着手回来了。让人看了好生羡慕。

老支书埋怨老队长说："你真是老不正经。"

老队长嘿嘿嘿笑着说："笑一笑十年少，愁一愁白了头。老的不撒痴，小的不得知。笑是生活中最好的良药，能治百病。"

就这样，老支书给这片黄土地带来了一场欢乐的盛宴，大家仿佛都年轻了好几岁。

老队长想起了一件事儿："你今天来到底为了什么事儿？没有正事吗？光顾着说笑了。"

老支书开口说道："你这话问的很奇怪，好像我天天没有正事儿似的。"

老队长说："不是，不是，你别误会。"

老支书说："我今天是来向你们学习的。早年是大队制，现在是家长制。我的工作不忙了，有时间了想来看看你们种黄芪，明年我也加入你们的队伍。老队长，以后你来负责我们全村的药材种植工作。要叫我们村家家户户都富起来。由你来带这个头。我也是老队长你的兵。走共同富裕的道路，这是党的政策。"

老队长说："我们农民祖祖辈辈不都是这样过来的吗？互

相帮衬，一家有难，八方支援。种药材，技术方面的问题你们尽管问。我活了大半辈子，我向你承诺，只要我能做到的，有求必应。这话你该满意了吧？"

老支书说："满意，满意。老队长，有你这句话，我们全村人走共同富裕的道路就有希望了。明年我也加入你们的队伍，咱们一起种药材。老队长，你可要记住了，今年秋天给我留黄芪种子。"

老队长问："给你留多少黄芪种子，你得有个数。"

老支书说："你明年种多亩，就留给我多少亩的种。"

老队长说："就你这身板，能行吗？"

老支书说："没问题，我也是土生土长的庄稼人，你能干的我也能干。再说了，我如果有什么难处，不是还有你们帮衬我吗，是不是？"

"四小龙"齐声回答："什么都不是问题，我们都可以帮你。"

老支书说："那我们可就说好啦，到时候不要反悔。在这里占用了你们这么长时间，影响你们种黄芪的进度了。我回去了，别忘了你们的承诺。"

老支书美滋滋地往回走，最高兴的事是自己为明年定好了发财的种子。他越想越高兴，迈着他那大长腿，走在回家的路上。

农民盼望着种在黄土地里的黄芪能早日破土发芽。盼望着苗全苗旺，盼望着不旱也不涝，盼望着黄土地只长黄芪不长草，盼望着秋天能有个好收成，盼望着黄芪能卖个好价钱。盼望着，盼望着美梦成真。

连续几天种黄芪，累的他们腰酸腿疼脖子歪。种完黄芪，坐在绣花绷前，绣花简直就是神仙活。喜鹊窝里又叽叽喳喳说个不停。

香草说："春芽你天天那么忙活，这也干，那也干。钱挣多少是多？你看我们一家三口，什么也不干，天天脖子仰着朝天。你们过的比我们强些吗？你看那傻媳妇儿，手和脸被风吹的裂开了，都出血了。"

此话一出口，激怒了春芽。春芽开口说道："谁有你那么精，连生儿育女都算计。我们这些人都是两个孩子，我们不使劲儿干怎么办。你干与不干那是你自己的事儿，但你不要张着嘴笑话别人，说别人的风凉话。"

春花一听这话里满是火药味儿，吓的不再绣花，右手提着针停在空中。她告诉自己，事情不能发展到不可收拾的地步，春芽对香草的不满，已经到了忍无可忍的地步。春花不说话，也不绣花，看着她俩你一句我一句的较量。

春芽说："我们得使劲儿干，将来要送两个孩子上大学。我们要在城里买房，让孩子们也过上城里人的生活，尽到做父母的责任。"

香草说："我们没想那么多，也不管。儿孙自有儿孙福。"

春芽恨得牙根儿痒痒。春芽想趁着国家改革开放的东风，用奋斗换明天的幸福生活。香草却生活在浊气里不能自拔，无事生非，丢失了光阴岁月。在春芽的强烈反击下，香草最终选择了闭口不言。

春花拾起绣花针继续绣花，温柔地说了一句："你们两个都过瘾了吗？"

春芽说："没有过瘾，看在你不绣花的份上，停止了。"

春花笑着说："嘿嘿嘿嘿，我不绣花还有那么大的威力？"

金枝也从丹田里发出笑声，笑个不停。

春花问："你们两个在争没有米儿的糠。"

春芽愤怒地说："有米，正气就是米！"

三

黄芪种子破土发芽，种黄芪的人心怀喜悦。阳光照射，雨露滋润，老队长严格管理，经心呵护。黄芪苗绿油油的一片，他们似乎看到了改变生活的希望。

炎热的夏天，傻媳妇儿不舍得带着孩子上山。建军每天扛着锄到地头上去看看就走了，到河里去摸鱼。夏天的野草长得很快，没有几天的工夫，野草就盖住了地面儿。

老队长每隔几天就到各家各户的黄芪地里巡视一遍，看一看黄芪的长势，看看黄芪苗的颜色，看看有没有发生虫害，发现问题马上解决。老队长走进建军的黄芪地一看吓出了一身冷汗。野草已经覆盖了地面，已经严重影响了黄芪的生长。老队长站在地里发愁，这可怎么办？

老队长迈着沉重的脚步来到了老支书家里，向老支书汇报情况。

老支书听后也在发愁："怎么办？用什么方法可以补救？"

老队长提议，让全村能抽出时间的社员都去草药谷突击除野草。

老支书和老队长来到了傻媳妇儿家问："建军媳妇儿，你最近没到黄芪地去吗？"

傻媳妇儿回话："天太热了，我不舍得把孩子领到山上。地里的草也不多，让建军自己去锄，我在家看孩子。"

老队长说："我们一起到黄芪地去看看好吗？"

傻媳妇儿抱着孩子，跟着老支书和老队长一起来到了草药谷。这一看可不得了，辛辛苦苦种的黄芪和野草混在一起，都看不清哪是黄芪，哪是野草。家里所有的积蓄都用在种黄芪上了，现在这种惨景可怎么办？

老队长看出了傻媳妇儿的心思，说："你先不用着急，我和老支书商量了，明天多找几个人来帮忙，把野草清理掉，再多施一次肥料，也许能补救过来。你看这样行不行？"

傻媳妇儿说："老队长，你说怎么干就怎么干，全由你和老支书做主。"

老队长说："那我们就这样说好啦。你回家告诉建军，可不能再去抓鱼了。"

傻媳妇儿说："老队长，明天晚上叫大伙来我家吃饭，我们感谢大伙儿的帮忙。"

老队长说："那我们就这样说好了。"

早晨，大队的高音喇叭响了。大队书记说："下面播送一个通知，今天全村社员有时间的都扛着锄到草药谷去。"

通知只播了一遍，老支书关掉喇叭，锁上大门就走了。

社员们个个都从家里跑到街上，相互问着："刚才喇叭里说的什么？"

"我也没听清楚。"

"走，我们到大队去看看。"

大伙来大队一看，门锁着。

有听清楚的社员说："就说扛着锄到草药谷去。"

老支书摆了个迷魂阵，人们都好奇，到草药谷去干什么？不管有时间的还是没有时间的，吃完饭，大家都急三火四地走进了草药谷，没有一个迟到的。有的社员从来没有来过草药谷，感到特别新鲜。有的社员很早就想到草药谷去看看，来年自己也打算种点儿黄芪。老队长和老支书看着来的社员，笑个不停，社员全部招来了。

社员们分田单干之后，很久没有凑在一起回生产队的感觉了，大家热热闹闹的，在老队长的指挥下开始锄草。青年男壮劳力，用锄头深拉黄芪的底沟，岁数大一点儿的社员再仔细清理黄芪根儿上的杂草。社员们分田单干的一颗颗孤独的心，今天在这片黄土地上找到了归属感。

老队长和老支书美得呵呵直笑，人多力量大，人多好干活儿。建军推来了肥料，老队长指挥着为清理好杂草的黄芪施肥。

傍晚收工，老队长招呼一声："走，我们都到建军家吃鱼去！"

浩浩荡荡的锄草大军走进了傻媳妇儿家的院子。

建军安排各位乡亲们都坐好，春花、春芽还有荷花几个人都早早赶过来帮忙做饭。她们从屋里端出刚出锅的鲢鱼、草鱼、鲤鱼，还有鲜美的鲫鱼汤。

每个桌上四盆儿鱼，加上自己园子里种的小青菜，丰盛得叫人垂涎三尺。

人都坐好，酒菜上齐，建军问："老支书、老队长，咱们喝什么酒？"

老支书说："咱们文登人就喝文登学酒。"

建军开了酒，为各位倒满酒。还没有来得及开口说感谢的话，老支书便开口了："建军呐，你今天可是丢人丢大了。你可得多给帮忙的长辈、邻居、亲朋好友们多敬几杯酒，好好感谢乡亲们的帮衬！咱们今晚不醉不归。"

建军举起酒杯，嬉皮笑脸地说："老支书，谁还没年轻过呀……"

老队长说："建军呀，你可把我们害苦了，害得我们都到你家里来吃鱼了。"

建军举起酒杯说:"感谢父老乡亲们的帮忙,等到秋天黄芪丰收了,我还请各位来我家吃大餐!"

有位社员站起来,举起酒杯,走到老队长面前问:"老队长,种黄芪需要多少钱?一亩地需要多少化肥,人工的费用有多少,能有多大的利润?今年你们每人种了多少亩?明年我也想跟着你们一起种。"

社员们都竖起了耳朵,认真听老队长的解答。老支书满面笑容地陪在老队长身边。这才是社员们最关心的事。老队长从中药市场讲到中药的价值。

社员们都摩拳擦掌。有一位社员走到老队长面前问:"到了秋天,黄芪种子需要多少钱一斤?"

老队长说:"那要看那会儿的市场价格。"

这位社员又问:"今年他们每人种了多少亩?明年准备种多少亩?"

老队长回话:"今年他们四个每人种了十亩。明年他们准备每人种二十亩。不过现在说还早着呢,需要等到年底再做决定。"

这位社员告诉老队长说:"老队长,我今天就和你定二十亩地的黄芪种子,他们种多少我也种多少。我也跟着你们一起种药材,你看这样行吗?"

老队长说:"到秋天,黄芪种子下来,你们要多少斤再来定数。"

这位社员说:"老队长,我是第一个定黄芪种子的人,到了秋天你可不能不给我种子呀。"

社员们你也要种,我也要种,酒桌上乱哄哄的一片。

老支书开始说话了:"到了秋天,黄芪种子下来,谁想种黄芪就到大队去报数定黄芪种子。大队会支持你们,统一安排。大家放心,人人都有份儿,只要大家走共同富裕的道路,上级党委会支持我们的,大队也会鼎力相助。"

老支书的话分量很重,社员们个个心里有了底儿。本来是谢乡亲们帮忙锄草的酒宴,最后演变成发家致富的动员大会。酒足饭饱后,乡亲们都怀揣着致富梦回到了家里。

建军和傻媳妇儿送走了乡亲们,最后八叔在建军家门前停留下来。

八叔告诉傻媳妇儿说:"以后庄稼地里不管有什么事需要帮忙的都告诉我一声,庄稼地里那点儿活儿我都能帮上忙,别等着草把地皮盖上在锄地。"

傻媳妇儿说:"八叔,那怎么好意思,您都这么大年纪了。"

八叔说:"建军以前帮过我。"

傻媳妇儿说:"八叔,建军他帮您什么忙啦?他就会抓鱼。"

八叔说:"建军可不像你说的那样,你和建军过日子,好好扶持他,将来你们两个能过一份儿好日子。"

傻媳妇儿回八叔的话说:"八叔,那我先谢谢您。等建军哪天抓条大鱼,我送鱼给您吃,好好谢谢您。"

傻媳妇儿送走了八叔回到家里,问:"建军,八叔说你以前帮过他,你帮他什么忙啦?"

建军摇着头说:"我不知道,我早都忘了。"

建军眨着大眼睛望着傻媳妇儿,语重心长地说:"人一定要做好事儿,你对别人好,当别人看到你的时候,想起你为他做的好事儿,永远都心存感激之心。你如果做了坏事儿,十年以后别人看到你想起你是个坏人,会恨之入骨。"

建军用右手食指在傻媳妇儿的鼻子上点了一下,问:"你懂吗?"

傻媳妇儿两眼看着丈夫,心里在想刚才他说的话。

黄芪地里野草被消灭了,施肥料也遇上了雨天,肥料起到了作用。黄芪长得乌黑,不但没受影响,反而长得更好了。

从那以后,傻媳妇儿再也不敢离开黄芪地,天天陪着建军,陪着黄芪一起成长。

秋天到了,黄芪的种子隐藏在那小豆角里,风一吹,刷刷刷地响。种黄芪的人们开始撸黄芪种子。脖子上挂一个书包,两手撸下的种子装在书包里。黄芪种子像金豆子一样值钱。

社员们看到春天种黄芪,秋天种子能卖钱,黄芪根儿又是名贵的药材,都很眼红,纷纷前来订购黄芪种子。

等到秋风起,秋叶落成堆,黄芪秆被割下来当柴火烧。黄芪根儿是名贵的药材，外地的大卡车开进村来收购。当黄芪根儿用大磅过秤后，人民币就点给了农民。

"四小龙"的兜鼓了，腰杆儿硬了，是家家户户羡慕的对象。他们开始做大量的准备工作，准备明年扩大种植面积。

支部书记为了帮助农民发家致富，把黄芪种子数量统计到大队上。乡亲们想种黄芪，可是现有的黄芪种子远远满足不了乡亲们的需要。

老队长提议到药材市场上去看一看。"四小龙"兜里有钱，腰杆儿硬朗，坐上火车去了大的药材市场。从此，他们不再是井底之蛙。他们走出了穷山沟，看到了外面的世界。他们从药材市场搞到了乡村们需要的黄芪种子，满载而归。但从此，他们不再安分地守着黄土地过日子。

来年春天，村民们纷纷种植药材。而且周边村的群众也参与进来，大面积种植黄芪。春天播种，秋天收获，他们给经营药材的商人带来了滚滚的财源。

"四小龙"看到了挣钱的门路。秋天，他们联合起来租了一辆大卡车，把当地的黄芪集中收起来，拉到中药材大市场去卖，挣中间的差价。他们的生意越做越活，日子越过越红火。他们怀着一颗感恩的心，感恩大队支书的鼎力支持，感恩老队长强有力的扶持，使农民们在这一块黄土地上过上好日子。

四

1981 年，又是一个春天。美丽的胶东半岛阳光明媚，这里已经是花的世界、花的海洋。小蜜蜂围着花儿打转转，发出嗡嗡嗡的甜蜜叫声。老队长的房顶上喜鹊迈着健美的脚步，嘎嘎嘎地叫个不停。

老伴儿问老队长："今天有什么喜事儿？喜鹊叫的这么好听。"

老队长做梦也没有想到天上掉下了西洋参种子——医药公司的领导从千里之外送来了十一粒西洋参种子。

老队长如获至宝，将种子捧在手心里，真是喜从天降。老队长手握西洋参种子，语重心长地对王文彬说："文彬呀，西洋参是一个很名贵的品种，也是一个很好的发家致富的项目。我们头拱地，一定要把西洋参试验成功，把它种好。这是我们发家致富的项目。"

老队长投身西洋参的种植。在穷山沟里，一没有种植经验，二没有西洋参的种植资料。所有的困难都没有挡住他们的脚步。王文彬爬到大山上测量温度，每半小时记录一次。他在山上，他的岳父在山下，在同一个时间测量温度。王文彬用小推车一车一车地推土改良土壤，为西洋参的生长创造最好的条件，希望西洋参能落户文登。

功夫不负有心人，在 1981 年 5 月 20 号，十一粒西洋参种子出了八棵参苗。就是这八棵参苗，意味着中国的土地上能长出西洋参。文登的气候土壤适合西洋参的生长。

老队长和王文彬开始在山顶上做实验。他们用森林土做实验，看西洋参能否适应本土的气候环境。在当年试验成功。当时由于技术不成熟，市场前景不明朗，多数农民心里没底，不敢投资种植西洋参。

在老队长的带动下，支部书记和"四小龙"开始在山顶森林里种植西洋参。老队长做着技术管理的带头人。他们精心呵护，反复试验，终于掌握了西洋参的生长习性。

从1981年到1986年，他们终于成功了。第一茬西洋参出土，六户农民卖西洋参收入都达到五千元钱以上。只有几分田地的西洋参就能有这个收入，是个不小的数字。全村只要能爬上山的农民都跑到山顶上观看刨参的场面。西洋参从土里刨出来，被药材公司的工作人员过称后装上汽车。在看到工作人员把钞票点给他们时，在场的社员都垂涎三尺，都想种西洋参。

老队长召唤大家说："我们也没有什么好礼物送给你们。请你们都弯下腰，把地里掉的参腿、参须子一点儿也不漏地拾起来，拿回家泡酒喝，也可以炖鸡、炖鱼、炖排骨用。这可是非常好的东西，别漏在地里。漏在地里浪费了太可惜啦。希望大家都用手扒拉扒拉土，争取全部拾回家，补一补我们自己的身体。"

老支书喜笑颜开,迈着他那大长腿走到老队长面前,跟老队长私语:"老队长,要不今儿晚上喝顿酒?"

老队长哈哈大笑,仰天俯地转着圈儿笑。老支书的话正合老队长的心意,真是英雄所见略同。

老队长回老支书的话说:"谁请客?你请客呀?"

老支书一边点头一边说:"我请客,我请客。老队长你用技术请了我们的客,帮助我们种参。我今天用酒回敬你。"

老队长问:"今晚到你家去喝酒?"

老支书说:"到傻媳妇儿家,喝酒,吃鱼宴。"

老队长摇着头问:"你请客到傻媳妇儿家喝酒,说不过去吧?"

老支书说:"这个你就别管啦,我去做他们的工作。"

老支书举手向大家示意:"大家都听好啦,今儿晚上到傻媳妇儿家去喝酒,吃鱼宴。我请客,在场的人都有份。"

在场的人都欢呼起来。年轻的农民在黄土地上围着老队长和老支书,展开双臂跑起圈圈。

西洋参试种成功了,他们欢呼,他们看到了希望的曙光。农民的好日子就要来到了。

酒宴上,没有祝酒,没有歌唱,只有农民们睁大的眼睛。大家想从老队长的嘴里和肚子里掏出金豆子。

西洋参怎样种?需要多少投资?怎样管理?老队长满面春风地解答乡亲们心中的疑惑。

没有人想多喝一口酒,也没有人想多吃一口鱼,乡亲们都想陪在老队长身边儿,一起走在种参的阳光大道上。

老支书却在打着他自己的小算盘儿。一场酒席,一场鱼宴,胜过他开几次社员大会。他可以完成上级党委交给他们的任务,走共同富裕的道路。让一部分人先富起来,群雁高飞头雁领,有老队长这样的好带头人,乡亲们都能过上好日子。

王文彬心里很清楚,要想大面积种植西洋参,必须要在农田里实验种植。第一年在农田里试验,他们按照在山上林下种植的经验,在自家田里试验种西洋参。来年6月却发现叶子发黄,全部脱落,这次试验以失败告终。

王文彬先后请教过农业大学的几位专家教授,教授直接告诉他:"实验证明,农田里种不了西洋参。"教授和专家的结论对王文彬打击很大,但他头拱地也不想放弃。他查找中草药资料,土壤化肥等书籍,晚上认真查阅资料学习,白天在参田里测量地温、湿度,研究对比各项技术参数。

为了找到合适的种植土,他从不同地块取回九种样土,放在花盆里试种。最终,他找到了适合西洋参生长的含磷风化土,和妻子荷花一锹一锹将土挖出来,再用小推车一车车推到农田里进行土壤改良。荷花起早贪黑地陪伴在他的身边,他有了战胜一切困难的信心。

田间管理更是不容易,历尽苦难,痴心不改。经过漫长而艰难的试验和不断总结,王文彬终于找到了最适合西洋参生长的土壤改良配方,掌握了西洋参从育种到移植再到病虫害防治的整套技术,为西洋参大规模种植提供了科学数据。历尽艰辛,大田种植最终试验成功。

老队长和王文彬成了西洋参种植路上的苦行僧。而"四小龙"、老书记和一些农民沾足了苦行僧的光。他们挣到钱送孩子上大学,进城买房、买轿车。

山,还是那个山;水,还是那个水;人,还是那个人,群雁高飞头雁领,共产党员王文彬带领着我们往前走。

西洋参种植规模上来了,怎么才能卖出好价钱呢?1994年,王文彬到外地考察时发现,市场上的西洋参有干参、参片等加工产品,价格比鲜参翻了好几倍。而文登还停留在卖鲜参的阶段。他意识到,产业要做大就得进行深加工。为了学习西洋参加工技术,王文彬跑了胶东、东北等地的加工厂。

随着西洋参加工成品量的增加,不少参农又面临着产品滞销的问题。王文彬背着样品,跑遍了全国各大中药材市场,凭着自己的诚意和较高的产品品质,慢慢打开了文登西洋参的销路。

2020年,他在自己的西洋参产业园打造了西洋参培训基地,每年可培训退役军人一千多人,帮助有梦想的退役军人通过西洋参致富。

几十年来,王文彬亲手培植了西洋参专业大户五百多个,普通种植户三千多个,先后培训参农二十多万人次,带领数万父老乡亲，在黄土地上播下了越来越多的致富"金种子"。

如今的文登，遍地开满了西洋参花，每寸丰收的土地上都凝聚着王文彬的智慧和血汗。他带领着乡亲们搞起了加工、烘干、销售一体化的产业链，将文登的西洋参推向了全国乃至全世界，为人类健康事业做出了巨大贡献。

文登的山上开满了人参花。文登的空气清爽，飘着人参的味道。文登的水里流淌着种参人的足迹和美德。甘甜、清香、苦味儿，滋补着文登人。

文登儿女在"参王"王文彬的带领下，一片"参"情，奋力前行。

五

辛勤的付出，得到了黄土地无限的回报，给了农民幸福的生活。

二愣和春芽的孩子们都考上了重点大学。他们经过自己的努力，兜儿里有了钱，能供孩子读大学，改变了后代的命运，让他们成为对国家有用的人才。

金枝的婚姻传承的是消极的人生态度。到两个孩子长大后需要钱的时候，布兜是空空的。他们供不起孩子们念书。孩子们结婚后因受家风家教的影响，也不会过日子。后因为生活所迫发奋努力，可总是摸不到头绪，找不到方向。金枝的女儿后来得了重病，女婿把金枝的女儿送回金枝家里。金枝的男人英年早逝。金枝在家不干活,不会伺候女儿,无奈之下找了一个男人合伙过日子。金枝不伺候自己的女儿,让这个男人来伺候。这个男人一看这种情况,也走了。后来,女儿没了,剩下金枝一个人孤孤单单。

国庆的一儿一女都考上了大学。他们还在城里给孩子们买了楼房,为后代奠定了坚实的生活基础。国庆自己也在城里买了房。把父母和丈母娘老丈人都接到城里去住。

建军也在城里买了楼房,还买了轿车。辛勤的付出,换来了幸福生活。党的政策好,穷山沟里的农民摆脱了贫穷,走向富裕路。

"四小龙"在春种和秋收季节认真管理自己的黄土地,扩大种黄芪和西洋参的面积。闲下来的时间,他们就跑市场。

傻媳妇儿在家守着黄土地,守着孩子们过日子。有一天香草找上门来了,说要借钱给儿子结婚买房。傻媳妇儿说:"你早几年借钱我也有,再晚一点儿借我也有,但现在我刚买了房和车,手里没有余钱了。"

香草借钱使傻媳妇儿感觉很闹心,咽不下这口气,心想:"你天天美的什么也不干,一家三口都脖子仰着朝天,什么也不干,还笑话别人手和脸都被风吹出血口子了。当年借小推车时,你宁愿用菜刀把车胎砍烂也不借给我们。这么多年了,为了家和万事兴,我一直躲着你,怕引火烧身,也怕别人笑话。我忍气吞声,但不代表没有看法。"

香草儿子的婚礼终于来临，建军特地从外地赶回来，全力以赴地提供支持。无论是提供轿车和卡车运输物资，还是亲自出动人力协助筹备婚宴、规划婚礼流程，他都毫不吝啬地贡献出自己的一份力量。

然而，人心的贪婪却是无法用善意去感动的。

婚礼的第二天，新媳妇回娘家后，香草竟在家中发起了无名之火，无理取闹，令人难以理解。建国对她的行为感到困惑不已，他不明白为何在这样喜庆的时刻，她会如此胡闹。情急之下，他忍不住挥手打了她两个耳光。香草应声而倒，仿佛晕死过去。

建国被自己的冲动行为吓到了，慌忙将香草抱在怀中，急切地拍打她的脸颊，掐她的人中，试图让她恢复意识。经过一番努力，香草终于悠悠转醒。

建国无奈地问道："明天媳妇会带着她父母一起回来，你愿不愿意招待他们？如果你不愿意，我现在就打电话告诉他们不用过来了。"

孩子得知家里的情况，心中忧虑，于是打电话给婶子傻媳妇儿询问："婶儿，我爸妈那边现在怎么样啊？"

傻媳妇儿宽慰道："你不用太担心家里。叔叔已经安排了车去接你们，明天早晨八点从家里出发，大概九点钟就能到你丈母娘家了。家里一切都好，你明天准备好带着媳妇、老丈人和丈母娘回来，我们会准备好迎接你们的。"

第二天，中午吃饭还算过得去。新媳妇的爸妈一走，家里就翻了天了。晚上侄子叫傻媳妇儿到他家去吃饭。傻媳妇儿跟着侄子一前一后走到香草的院子里，就听见家里传出尖锐的吼声。

傻媳妇儿好为难，她不想进去，可是看着两个刚结婚的孩子，如果不进去，可能这一场酒席就散伙了。她很无奈地喘着粗气，跟着侄子往家里走。当香草看到傻媳妇儿时，更是暴跳如雷。

婆婆实在看不下去了，颤抖着想爬起来走，被傻媳妇儿扯着衣服按下坐着。

傻媳妇儿轻声劝道："妈，今天是个特殊的日子，谁都能离开，但你不行。这是你的第一个孙媳妇儿进门，这个场合非常重要。就算你不给任何人面子，也请为了这个新媳妇儿，留下来陪孩子吃完这顿饭，叫孩子有个好心情。"

傻媳妇儿大牙掉了往肚子里咽，泪水往肚子里流。她端起碗来说："新媳妇儿，你是第一个进门儿的媳妇儿。王家是一户好人家。王家的男人长得好，人都非常正直。我们能进王家的门儿做媳妇儿是我们几生修来的福分。你要记住，知足常乐，能忍自安。"

在傻媳妇儿说话的时候，家人们为了能把饭吃完，你一筷子我一筷子的给香草碗里夹肉、夹鱼、夹菜。这一顿饭总算吃完了。

建军在前面儿走,傻媳妇在后面儿跟着。可是没走多远,香草就尾随其后了。孩子发现他妈不见了,跑出去一看,跟着他叔走了。孩子紧跑两步,赶上他妈拖他妈回家说:"天这么晚啦,我叔该休息啦。"

香草又哭又闹,孩子没能把她拖回家。香草进了建军的家门儿,用尖锐的嗓音又哭又闹,反反复复地说:"吃饭找你弟兄,干活找我哥……"

建军一遍一遍地重复着一句话:"咱们家娶媳妇儿是个高兴的事儿,值得你这样又哭又闹的?嫂子,你别上火,你别生气,两个孩子大喜的日子,你不应该这样。"

孩子在一旁抱着他妈的胳膊一遍又一遍地说:"妈,你好是我的妈,你不好也是我的妈。走,咱们快回家吧,都这么晚啦,我叔该休息啦。"

香草一直无理纠缠到接近半夜,最后被儿子连拉带拖地弄走了。从香草进门儿一直到走,傻媳妇儿没说过一句话,面无表情地陪在建军身边儿。香草走时,建军出来送侄子,傻媳妇儿也没有出门儿。

第二天早上,傻媳妇儿出门儿碰到了香草娘家的嫂子。嫂子的脸拉下二尺长,张口就说:"本来应该跟你家做饭,结果在我们家做饭,给我们搞得乱七八糟不像个样儿。"

傻媳妇儿说:"嫂子,你为什么要这样说话?昨天晚上你们家香草在我家闹了半夜,今天早晨你又这样说话。孩子是我的侄子,也是你的侄子。我租住着大队的破房子做工厂,孩子如果愿意在我家做饭,那我可是求之不得,还能多沾点儿喜气儿。是我家房子太破,孩子不愿意在我家做饭。"

傻媳妇儿走了。香草的嫂子站在原地发呆。

香草的婆婆七十九岁寿终,老人临终前脑子里大面积出血,傻媳妇儿陪着去医院。

建军问:"家里怎么办?"

傻媳妇儿说:"买包子吃。"

医生说老人岁数大了,做手术怕下不了手术台,所以没做手术。七天七夜,傻媳妇儿一直陪在老人身边。临走时,傻媳妇儿给婆婆洗干净了身子,穿上了寿衣,等待着她儿女们的到来。一个病房的病友问傻媳妇儿:"你是姑娘还是媳妇儿?"

香草从来没有到医院看过一眼,老人走后由建军和傻媳妇操办后事。香草甚至连上坟都没有去过。

傻媳妇儿从来不说家事,这一次真的忍不住了,对春芽说:"谁家养姑娘能这样教育?"

六

2001年7月13日,北京申奥成功。中国人的百年奥运梦终于要成真了。

有一位农村干部曾说过这样一句话:"这世上最难的有两件事儿,第一是婆媳关系难,第二是农村开全村大会难。早晨通知，半晌也开不起来会。即使开会了，台上说话声音没有台下七嘴八舌说话的声音大。"

老支书有妙招儿，打开大队的高音喇叭说："我们的国家申办奥运成功，举国欢腾。我们也庆祝国家申办奥运成功。酒有喝的，可是没有座儿，自己都带上小板凳儿。我不说大家也都知道到谁家去喝酒。"

农村有一句老话，一见喝酒比过年都强。男的女的，女人们带着小孩儿，拿着小板凳儿往傻媳妇儿家跑，争取早去占个有利地形。老书记手里提着五斤糖块儿，这是给妇女和儿童们准备的。

这不是吹捧，
这不是眷恋，
这是感恩的心在为你歌唱：
老队长，你年年岁岁为农民指引着航向；
王文彬，你继承前辈的美德，
辛苦工作，呕心沥血，
将军人的姿态展现在大家面前；
老支书，你站在黄土地上，
画一个圈儿，锦囊妙计就展现在眼前；
傻媳妇儿和几位绣娘，用酒宴托起山沟里希望的太阳。
没有酒，我也想见到你，老队长。

没有酒，我也想见到你，王文彬。

没有酒，我也想见到你，老支书。

没有酒，我也想见到你，山沟里的傻媳妇儿和几位绣娘。

这不是突然，

也不是偶然，

是上天的安排，

你我一脉相连。

群雁高飞头雁领，

书记带咱往前走。

我永远跟着你走，老支书，

我永远跟着你走，老队长。

这是我们农民最爱唱的一首歌。

老支书举起酒杯，迈着他那大长腿，缓缓地走到院子中间说："我们今天不是开全村大会，也不是讨论生产任务，而是庆祝我们国家成功申办奥运会。我们全村男女老少凑在一起乐呵乐呵。国家强大才能国泰民安，我们农民才有好日子过。我今天在这里借花献佛，借建军的酒，借国家的宏运，祝全村同乐，祝大家不醉不归！我们今天是庆祝申奥成功。来日，我们种好我们的西洋参。到2008年，我们一起到北京去看奥运会，去看北京天安门！"

七

1979年改革开放，老队长敢为人先，做着药材种植的技术顾问，指引"四小龙"种黄芪成功。

1981年，八棵西洋参苗改变了贫穷山沟里农民的命运，他们因此走上了富裕路。

老队长历尽千辛万苦，痴心不改，头拱地也要把西洋参种植成功。

"四小龙"敢为人先，跟着老队长种黄芪，跟着老队长上山开荒种西洋参。他们互相帮助，血脉相连，拧成一股绳。他们不惧狂风暴雨，不惧巨大的困难，在穷山沟儿里走出了一条金光大道。

从一户种西洋参，到六户，从一百亩到一千亩，由一个村庄带动了周边的村庄，由一个乡镇带动了一个地区。美丽的胶东半岛，开满了西洋参花。

老支书晚年把支书的担子卸下来，交给了王文彬。王文彬带着军人的风采，履行共产党员的职责，带领着乡亲们建设美好的家园。

"四小龙"为了给西洋参找销路，跑遍了全国各大药材市场，建起西洋参加工厂，生产干参、参片、参粉儿，利润比鲜参翻了几倍。大家的买卖越做越大，路越走越宽广。

农民们欢呼，农民们歌唱！他们深深地爱着脚下这一片黄土地。

大队的高音喇叭又响了。农民总感觉高音喇叭一响，就会喜从天降。老支书单刀直入地说："我们曾经有过约定，一起去看北京奥运会。想去看北京奥运会的人，到大队办公室来报名。"

二愣对春芽承诺过，等种药材挣到钱了，领他们去看北京天安门。如今要兑现承诺了，心中的喜悦肚子里藏不住，全挂在脸上。"四小龙"全都报名了，有些种参大户也报了名。

有一位农民在老支书面前站着。老支书问："你去不去？"

这位农民对老支书说："我跟家里人商量过了，等到存款再积攒得多一些，生活更富裕了，我们家人一起去北京。"

老支书被这一位农民的话深深感动了，说："真为你感到高兴，生活有计划，大伙儿都要跟他学。能一起去北京，我们都很高兴，如果不能去，等以后再去。家和万事兴，要把家里的经济搞上去，把家庭关系搞好了。"

老书记统计好人数，一共二十八人，安排了七辆轿车一同前往。

老支书对去看北京奥运会的人员做了部署："还有两天的时间我们就要出发啦。大家把家里的一切事物都安排好，特别是老人和孩子，还有生产。我们出发的那一天，大家都到大队院子来集合。"

七辆轿车开到了大队院子前，全村男女老少都来送行。轿车慢慢启动，去看北京奥运会的人们向乡亲们挥手告别。

轿车从中国东部沿海的胶东半岛启程,前后排列像一条巨龙,奔驰在祖国的大地上。